Jutta Richter

Der Hund mit dem gelben Herzen oder die Geschichte vom Gegenteil

Jutta Richter

Der Hund mit dem gelben Herzen

oder die Geschichte vom Gegenteil

Carl Hanser Verlag

Für Joschi, den schwarzen Hund, der alles allein konnte.
Für Lena, Lotta, Minki und Anne, die eine Zeit lang sehr geduldig waren,
und ganz besonders für Herbert Jansen, der mit mir Pilze fand,
um Wörter stritt und mir für jede zweite Seite
ein Essen gekocht hat.

Die Schreibweise in diesem Buch entspricht
den Regeln der neuen Rechtschreibung.

1 2 3 4 5 19 18 17 16 15

ISBN 978-3-446-24955-4

Umschlag: Stefanie Schelleis, München
Umschlagbild: Katrin Engelking
Vignetten: Susanne Janssen
Satz im Verlag
Druck und Bindung:
Friedrich Pustet, Regensburg
Printed in Germany

FSC
www.fsc.org
MIX
Papier aus verantwortungsvollen Quellen
FSC® C014889

»Was machst du da?«, fragt der Hund.

»Ich sammle Federn«, sagt Lotta und dreht sich um. »Und was machst du hier?«

Der Hund blinzelt in die Sonne. Es ist die frühe Sonne mit den schrägen Strahlen. Sie ist nicht besonders warm.

Der Hund ist klein und schwarz und mager und sehr schmutzig.

»Ich habe dich gefragt, was du hier machst«, sagt Lotta.

Der Hund setzt sich ins Gras und fängt an, seine rechte Vorderpfote zu lecken. Dabei zieht er die Nase kraus und leckt besonders gründlich zwischen den Zehen, wo dicke trockene Erdklumpen kleben. Er tut so, als hätte er nichts gehört.

Lotta schüttelt den Kopf und ärgert sich.

»Du bist wohl taub?«

»Nein«, sagt der Hund und hört nicht auf zu lecken.

»Du sprichst wohl nicht mit jedem!«

»Nein«, sagt der Hund, »nicht mit jedem.«

»Schade«, sagt Lotta. Der Hund hebt den Kopf und sieht sie an. Die Sonne blendet ihn. Er sieht, wie Lotta etwas aus einer großen roten Stofftasche zieht. Es ist ein Paket. Ein viereckiges Paket. Es ist in braunes Papier eingewickelt. Lotta macht es auf.

»Was hast du da?«, fragt der Hund.

»Mandelkuchen«, sagt Lotta und beißt ein großes Stück ab.

Der Hund leckt sich die Lippen. Er kann jetzt die Mandeln riechen und den Zucker und die Eier und die Milch. Er weiß nicht mehr, wann er das letzte Mal so nah neben einem so großen Stück Mandelkuchen gesessen hat.

Lotta kaut, schluckt und beißt wieder in den Kuchen.

Der Hund schluckt auch. Er überlegt, ob er wohl schnell genug wäre.

Er würde das Mädchen anspringen, es würde den Kuchen fallen lassen, er würde den Kuchen schnappen und rennen. Drei Sekunden, denkt der Hund, allerhöchstens vier Sekunden.

»Magst du ein Stück?«, fragt Lotta.

Der Hund zuckt zusammen und nickt. Noch ehe Lotta ein drittes Mal in ihr Kuchenstück beißt, hat der Hund sein Stück aufgefressen.

Der Hund leckt die Krümel von der Erde.

»Du bist nicht von hier, oder?«

»Nein«, sagt der Hund, »nicht von hier.«

»Woher kommst du denn?«

»Von weit«, sagt der Hund.

»Hast du dich verlaufen?«

Der Hund denkt nach.

Wahrscheinlich gibt es dort, wo sie wohnt, noch mehr Kuchen. Wahrscheinlich gibt es dort auch all die anderen Leckereien, von denen er unterwegs in den zugigen Feldscheunen geträumt hat: knusprige Hähnchenhaut und Leberwurstbrote, Sahnepudding und Milchreis.

Der Hund ist schon lange unterwegs. Er kann die zugigen Feldscheunen längst nicht mehr zählen, in denen er nachts hungrig eingeschlafen ist.

In Glücksnächten war er dummen jungen Katzen begegnet, die ihm fauchend eine frische Maus überlassen hatten. Aber Glücksnächte gibt es genauso selten wie Glückstage. Und meistens waren die Nachtkatzen alt und gerissen gewesen und hatten dem Hund die Nase blutig gekratzt.

»Ob du dich verlaufen hast?«

Der Hund zögert, dann nickt er und winselt wehleidig.

»Du Armer«, sagt Lotta und seufzt. »Ich weiß, wie das ist, wenn man sich verlaufen hat. Dann ist man mutterseelenallein, und man hat Angst, und man friert und hat Hunger, und abends muss man immer weinen, wenn es dunkel wird im Wald. Dann kommen die Nachtgespenster raus und heulen und knistern und rascheln und gruseln.«

»Woher weißt du das?«, fragt der Hund.

»Das hat mir die Brieftaube im letzten Jahr erzählt«, antwortet Lotta. »Die hatte sich verflogen und wusste nicht mehr, wo sie hingehörte. Und verfliegen ist genauso wie verlaufen.«

Der Hund nickt.

»Nimmst du mich mit?«, fragt er.

»Natürlich nehme ich dich mit«, sagt Lotta. »Du darfst so lange bei uns wohnen, bis du wieder weißt, wo du hingehörst.«

Wo ich hingehöre, denkt der Hund. Wenn ich irgendwo hingehören würde, dann hätte ich es bestimmt nicht vergessen.

Wo immer der Hund aufgetaucht war, hatte es ein großes Geschrei und Gescheuche gegeben. »Hau ab!«, hatten sie gerufen und »Gehst du wohl nach Hause!« gedroht.

In manchen Nächten, wenn der Hund schwer träumte, standen sie alle wieder vor ihm: der Bauer Schulte-Lanstrop mit dem Knüppel in der Hand, Fräulein Stratmann mit dem Wassereimer, der alte Poling, der immer zutrat, und Ralf und Peter mit den selbst gebauten Zwillen. »Hau ab!«, brüllten sie im Chor. »Mach, dass du wegkommst!«

Der Hund schnauft.

»Na, komm!«, sagt Lotta.

Sie gehen den Waldweg entlang. Links das Mädchen Lotta und rechts der kleine schwarze Hund, und die Schattenbalken fallen auf den Weg.

Prinz Neumann steht am Schuppenfenster und drückt sich die Nase platt. Das Schuppenfenster ist blind und staubig, und Prinz Neumann muss sich gewaltig anstrengen, um etwas zu erkennen. Oben am Balken hat Opa Schulte die Zwiebelzöpfe aufgehängt. Rechts in der Ecke ist die Kartoffelkiste, und an der Wand sind die Gartengeräte. Spaten, Hacke, Harke und Gabel. Seine Kappe hat Opa Schulte an einen rostigen Nagel neben der Tür gehängt, und in der linken Schuppenecke steht der alte Kanonenofen.

Prinz Neumann langweilt sich. Alle sind woanders. Lotta ist im Wald. Opa Schulte ist verreist. Nur Prinz Neumann weiß nicht, was er mit diesem Tag anfangen soll.

Dabei ist es ein so schöner Tag. Die Sonne scheint. Die Blätter der Bäume leuchten rot und golden, in den Gärten riecht es nach abgebrannten Kartoffelfeuern, und ab und zu weht ein silberner Spinnwebfaden an Prinz Neumanns Nase vorbei und kitzelt ihn.

Ach, denkt Prinz Neumann, wenn doch irgendwas passieren würde, wenn ich einen Schatz finden würde oder einen Frosch. Wenn ich wenigstens groß genug wäre, um den Schuppenschlüssel vom Balken zu holen.

Er dreht sich um und kneift die Augen zusammen. Das tut er immer, wenn er sich etwas wünscht.

Manchmal klappt dann das Wünschen.

Letztes Weihnachten hatte er am Fenster gestanden und wütend nach draußen in den Regen gestarrt.

»Das müsste schneien«, hatte er geschimpft. »Weihnachten ohne Schnee ist eine Sauerei.« Und dann hatte er mit dem Fuß aufgestampft und gesagt: »Ich will, dass es schneit!« Dabei hatte er die Augen zusammengekniffen. Und tatsächlich, es waren plötzlich dicke weiße Schneeflocken vom Himmel gefallen. So also ist das mit dem Wünschen bei Prinz Neumann.

Mit zusammengekniffenen Augen starrt er in die Kastanienallee. Ganz weit hinten sieht er plötzlich zwei Gestalten. Ein kleiner schwarzer Punkt und ein rotes i mit goldenem i-Punkt kommen langsam näher. Prinz Neumann reißt die Augen auf.

»Na bitte! Das i ist Lotta mit der roten Hose«, sagt er. »Aber was ist der kleine schwarze Punkt?«

Der schwarze Punkt wird größer, hat jetzt vier Beine, einen Kopf und Schlappohren. Und da erkennt Prinz Neumann: Das ist ein Hund! Lotta bringt einen Hund mit!

Prinz Neumann rennt den beiden entgegen.

»Wo hast du den Hund denn her, Lotta?«

»Gefunden!«, antwortet sie. »Im Wald.«

»Ich dachte, da findet man nur Federn«, sagt Prinz Neumann.

»Manchmal auch Hunde«, sagt Lotta.

Der Hund nickt.

»Und was machst du jetzt mit ihm?«, fragt Prinz Neumann.

»Er bleibt bei uns, bis er wieder weiß, wo er hingehört«, sagt Lotta.

»Aber wir dürfen doch keinen Hund haben.« Prinz Neumann seufzt. »Du weißt doch genau, dass wir keinen Hund mit nach Hause bringen dürfen.«

»Wer sagt, dass wir ihn mit nach Hause nehmen?«, entgegnet Lotta. »Wir haben doch den Schlüssel vom Schuppen, und Opa Schulte ist verreist.«

Prinz Neumann strahlt.

»Na klar.«

»Immerhin besser als eine zugige Feldscheune«, sagt der Hund. »Zugige Feldscheunen sind das Letzte.«

Prinz Neumann starrt ihn an.

»Das glaub ich nicht«, stammelt er. »Das kann nicht wahr sein.«

»Natürlich ist es wahr«, sagt der Hund. »Du glaubst gar nicht, wie kalt und ungemütlich zugige Feldscheunen sind.«

»Der kann ja sprechen«, sagt Prinz Neumann.

Lotta grinst.

»Alle Hunde können sprechen«, sagt der Hund.

»Bellen«, verbessert Prinz Neumann.

»Wie du das nennst, ist mir egal«, sagt der Hund.

»Aber … aber das verstehe ich doch nicht, das Bellen«, stottert Prinz Neumann. »Und dich kann ich verstehen! Wie kommt das?«

»Fremdsprachen«, antwortet der Hund. »Ich spreche Menschisch, Kätzisch, Täubisch, ein wenig Rättisch und selbstverständlich Hündisch.«

Prinz Neumann sieht Lotta an.

»Kannst du ihn auch verstehen?«

»Na klar«, sagt Lotta. »Er hat mich ja angesprochen im Wald.«

»Und du hast dich nicht gewundert?«

Lotta denkt nach.

»Eigentlich nicht. Ich hatte keine Zeit dazu. Außerdem ist er nicht sehr gesprächig.«

»Kannst du mal Kätzisch sprechen?«, fragt Prinz Neumann.

Der Hund tut so, als ob er nichts hören würde. Stattdessen schnüffelt er an Opa Schultes Schuppentür.

»Er antwortet eben nicht immer«, erklärt Lotta, und dann stellt sie sich auf die Zehenspitzen, um den Schlüssel vom Balken über der Tür zu holen.

Die Tür quietscht leise, Lotta und Prinz Neumann führen den Hund in den Schuppen hinein.

Zwiebeln, denkt der Hund. Stinkt nach Zwiebeln. Aber immer noch besser als eine Feldscheune. Und überhaupt, bald ist Winter, da ist es schon gut, ein Dach über dem Kopf zu haben, auch wenn es nach Zwiebeln stinkt.

Lotta zieht eine Pflanzkiste aus dem Regal neben der Tür. Sie stellt sie neben den alten Kanonenofen und legt die Lumpendecke hinein.

Der Hund rümpft die Nase.

»Das ist keine Hundedecke«, knurrt er. »Das ist eine Katzendecke.«

»Woher willst du das wissen?«, fragt Lotta.

»Das riecht man doch«, sagt der Hund vorwurfsvoll. »Auch wenn ich Kätzisch spreche, schlafe ich noch lange nicht auf Katzendecken.«

Prinz Neumann beugt sich über das Lager und riecht an der Decke.

»Riecht kein bisschen nach Katze«, sagt er.

»Menschennasen«, knurrt der Hund. »Menschennasen riechen nichts!«

»Na gut«, sagt Lotta. »Hol ich eben ein Kopfkissen.«

Als die Schuppentür hinter Lotta ins Schloss gefallen ist, beäugt der Hund Prinz Neumann misstrauisch. Bei Jungen kann man nie wissen, was sie tun.

Freund oder Feind?, überlegt der Hund. Und dann denkt er, dass es wohl klug wäre, jetzt ein bisschen die Zähne zu zeigen.

»Ich würde wirklich gern mal Kätzisch hören«, sagt Prinz Neumann und wühlt in seiner Anoraktasche. »Wenn ich dir meinen letzten Keks gebe, machst du es dann?«

Bei Jungen kann man nie wissen, denkt der Hund. Vielleicht hält er einen Stein in der Hand und sagt, es ist ein Keks.

Er schnuppert.

Tatsächlich und eindeutig Keks.

Der Hund macht einen Buckel, streckt die Vorderbeine vor und schnurrt. Dann streicht er sanft um Prinz Neumanns Beine und sieht plötzlich aus wie der dicke Kater Brömmelkamp.

»Miauuu«, sagt der Hund.

»Wahnsinn!« Prinz Neumann reibt sich die Augen. »Ich könnte schwören, du bist eine Katze.«

»Kater«, knurrt der Hund. »Und jetzt den Keks!«

»Mach das noch mal«, bettelt Prinz Neumann.

Der Hund fletscht die Zähne.

»Keks!«

Prinz Neumann lässt den Keks fallen, und im gleichen Augenblick hat der Hund ihn runtergeschluckt.

Prinz Neumann hockt sich neben ihn.

»Darf ich dich streicheln?«, fragt er leise.

Der Hund antwortet nicht.

Da streckt Prinz Neumann ganz vorsichtig die Hand aus und streichelt ihn.

Der Hund hält ganz still.

Er kann sich nicht erinnern, wann er je zuvor so angefasst worden ist. Menschenhände schlagen. Vor Menschenhänden muss man sich fürchten, am besten, man beißt sofort zu. So wie man in die Beine beißen muss, weil die ja treten, immer nur treten.

Der Hund hat gelernt schnell zu sein, misstrauisch und schnell. Zähne fletschen, zubeißen, weglaufen.

Das hier ist ganz anders, denkt der Hund und erinnert sich plötzlich an früher, als er klein war und warme Milch getrunken hat bei seiner Mutter. Danach hat sie ihn abgeleckt mit ihrer weichen warmen Zunge.

So hat sich das angefühlt: Genauso wie sich die Hand von Prinz Neumann jetzt anfühlt.

Und der Hund hält ganz still, und je länger Prinz Neumann ihn streichelt, desto weniger fürchtet er sich.

Die Sonne fällt schräg durch die blind staubigen Fenster.

Eine Spinne seilt sich an einem Silberfaden ab, und es ist, als ob sie immer schon zusammengehört hätten: der kleine magere schwarze Hund und der Junge, den man Prinz Neumann nennt.

Jetzt müsste die Zeit stehen bleiben, denkt Prinz Neumann.

Jetzt müsste die Zeit stehen bleiben, denkt der Hund.

Und während sie das denken, treffen sich ihre Blicke. Und der Hund weiß plötzlich, er hat das große Los gezogen. Und es wird ihm ganz schwindelig, und seine Augen sind groß und schwarz und feucht.

»Wie heißt du eigentlich?«, fragt Prinz Neumann.

Der Hund denkt nach, aber es fällt ihm nichts ein. Niemand hat ihm je einen Namen gegeben.

»Hund«, flüstert er heiser und schämt sich ein bisschen.

Prinz Neumann lacht.

»Guter Name«, sagt er. »Normalerweise heißen Hunde Waldi oder Purzel, und wenn sie größer sind Prinz oder Rex. Aber Hund hab ich noch nie gehört! Woher hast du den Namen?«

Der Hund legt seine Stirn in Falten und überlegt.

»Das ist eine lange Geschichte«, sagt er.

»Oh, bitte erzähl sie mir!«

Prinz Neumann ist jetzt richtig gespannt.

Und das merkt der Hund, aber es fällt ihm so schnell keine gute Geschichte ein, und er denkt: Ich brauche Zeit, Zeit, um mir so eine Geschichte auszudenken. Und er fängt an zu husten und zu keuchen.

»Was hast du denn?«, fragt Prinz Neumann und klopft dem Hund auf den Rücken. »Bist du krank?«

»Wasser!«, keucht der Hund. »Wasser!«

In diesem Moment öffnet Lotta die Schuppentür. Sie hat ihr Lieblingskopfkissen mitgebracht, und sie erschrickt genauso wie Prinz Neumann, als sie den Hund husten und keuchen hört.

»Schnell«, sagt Prinz Neumann. »Er braucht Wasser!«

Die Schuppentür fällt ins Schloss und der Hund ist allein. Er schnüffelt an Opa Schultes Gartengeräten, er schnüffelt den ganzen Schuppen ab, dann stellt er sich auf Lottas Kopfkissen, dreht sich dreimal um sich selbst, bevor er sich hinlegt, Kopf zur Tür, ein Ohr aufgestellt. Man kann ja nie wissen.

Der Hund erinnert sich plötzlich an die warmen Sommernächte mit Lobkowitz.

Eulenschreinächte. Sternschnuppennächte. Käsemondnächte.

Die erste Nacht – Eulenschreinacht – draußen im Schlosspark unter der Blutbuche, wo der Hund ein heimliches Mooslager hatte, und Lobkowitz torkelte die Kastanienallee entlang, die Rotweinflasche in der Manteltasche, den grauen Filzhut schräg überm Ohr, und Lobkowitz stolperte und fiel hin – und blieb liegen. Genau neben der Blutbuche. Da war der Hund vorsichtig näher geschlichen.

Der wird doch nicht tot sein, hatte er gedacht, Lobkowitz angestupst, und Lobkowitz roch wie ein Weinfass. So ein Gestank! Nicht auszuhalten, wäre der Sommerwind nicht gewesen.

Doch Lobkowitz war noch ziemlich lebendig, hatte die Augen geöffnet, den Hund angestarrt und gebrüllt:

»Fort mit dir, du Höllenhund! Du Nachtgespenst! Du Teufelsbrut!«

Und der Hund war erschrocken zurückgesprungen, hatte sich unter der Blutbuche versteckt, sich nicht gerührt und kaum zu atmen gewagt.

Und dann hatte die Eule gerufen, und Lobkowitz setzte sich auf und fragte:

»Entschuldigung, wie war Ihr Name, gnädige Frau?«

Und die Eule hatte ihr lang gezogenes Huuhuu in die Nacht geschrien, und Lobkowitz zog den Hut und sagte:

»Angenehm! Gestatten, Lobkowitz!«

Und als die Eule zum dritten Mal rief, antwortete Lobkowitz:

»Eine Geschichte, gnädige Frau? Selbstverständlich kann ich Ihnen eine Geschichte erzählen. Wie hätten Sie's denn gern? Traurig? Lustig? Spannend? Von heute?

Von gestern? Von morgen? Vom Welttheater oder von den Himmelsmächten? Eine Liebesgeschichte? Eine Hassgeschichte? Eine Sommer- oder Wintergeschichte? Sagen Sie mir, was Sie wünschen, gnädige Frau!«

Und als die Eule nicht antwortete, sagte Lobkowitz:

»Na gut, dann erzähle ich Ihnen eben die Geschichte, wie Lobkowitz Lobkowitz wurde.«

Wie Lobkowitz Lobkowitz wurde, denkt der Hund. Wie alles angefangen hat. Damals, als es noch nichts gab, nicht einmal Namen.

»Gnädige Frau«, hatte Lobkowitz gesagt, »schließen Sie die Augen. Betrachten Sie die Finsternis: rechts Hecke, links Urwald, dazwischen ein Sandweg, und Finsternis und er und ich. Zwei namenlose Weggefährten.

Wir liefen seit Ewigkeiten nebeneinander her. Er und ich. Immer den Sandweg lang, immer geträumt, dass da noch etwas anderes wäre, außer Sandweg, Urwald und Hecke. War aber nicht. Finsternis war und Irrsal und Wirrsal und Urwald und Sandweg und Hecke. Bitte, gnädige Frau, halten Sie die Augen noch eine Weile fest geschlossen«, sagte Lobkowitz. »Man muss die Finsternis genau betrachten! Man darf sich doch nicht fürchten vor der Finsternis! Da war kein Laut in der Dunkelheit, außer unseren knirschenden Schritten im Sand. Können Sie sich das vorstellen, gnädige Frau? Hören Sie es? Dieses Geräusch, dieses Knirschen der Schritte? Wir sprachen nicht miteinander. Worüber hätten wir auch reden sollen? Ewigkeiten lang war nichts geschehen.

Da räusperte er sich plötzlich und sagte: ›Lobkowitz.‹ Nichts weiter, nur: ›Lobkowitz.‹

›Wer ist Lobkowitz?‹, habe ich ihn gefragt.

›Das bist du‹, antwortete er. ›Das ist dein Name: Lobkowitz!‹

So also hat es angefangen«, sagte Lobkowitz. »Er hatte für mich einen Namen erfunden.«

In diesem Moment hatte die Eule zum vierten Mal ihr lang gezogenes Huhuu in die Nacht geschrien, und Lobkowitz hatte geschwiegen.

Wie Lobkowitz Lobkowitz wurde, denkt der Hund. Wie der Hund Hund wurde.

Da wird die Schuppentür aufgestoßen, und Lotta und Prinz Neumann tragen jeder eine Schüssel und stellen sie auf den Boden.

Der Hund traut seinen Augen nicht.

Hähnchenhaut! Knusprige Hähnchenhaut! Eine ganze Schüssel voll knuspriger Hähnchenhaut!

Und Wasser, kaltes, klares, reines Wasser! Kein Pfützenwasser, kein brackiges Teichwasser! Richtiges gutes, sauberes Wasser!

»Na, bitte«, sagt Lotta. »Der ist nicht krank!«

Denn der Hund stürzt sich auf die Schüssel mit der Hähnchenhaut und frisst und schlingt, dass ihm Hören und Sehen vergeht.

Prinz Neumann freut sich und stößt Lotta an und sagt:

»Ein Klassehund ist das! Das Beste, was du je im Wald gefunden hast!«

»Und jetzt die Geschichte!«, sagt Prinz Neumann, während der Hund sich die Schnauze leckt, wo noch ein bisschen Hähnchenhautfett klebt.

Und der Hund sieht plötzlich aus, als würde er lachen. Satt und zufrieden und fröhlich wie nie.

»Setzt euch«, sagt er dann. Und er hustet noch einmal kurz und denkt an Lobkowitz und fängt an:

EINMAL, UND DAS IST LANGE HER, habe ich Gustav Ott getroffen. Zufall, reiner Zufall. Vor mir der Sandweg, rechts eine hohe Hecke, links der dunkle Urwald. Müde war ich. Hungrig war ich. Und es wurde Nacht. Ob ich Tage oder Wochen gelaufen war, wusste ich nicht mehr. Ich wusste nur, ich war niemandem begegnet. Öde Gegend. Urwald, Sandweg, Hecke, immer nur Urwald, Sandweg, Hecke. Das ging tagelang geradeaus und nahm kein Ende. Paarmal hatte ich geglaubt, da wäre ein Loch in der Hecke. War aber nicht. Also weiter, dachte ich, muss ja irgendwann aufhören: Urwald, Sandweg, Hecke. Kann ja nicht alles sein im Leben, was man sieht.

Es wurde also Nacht. Und ich wusste wirklich nicht mehr, wie viele Nächte ich zwischen Hecke und Urwald verbracht hatte. Finster war's, und ich wollte mich schon unter der Hecke zusammenrollen, da sah ich hinten, da wo Himmel und Sandweg zusammenstießen, irgendwas glitzern. Also weiter. Mal kucken, was da liegt.

Komm ich näher. Seh ich, das ist ein Schild! So ein Namensschild wie an Menschentüren. *G. Ott* steht drauf. Donnerwetter, denke ich. Scheint ja doch noch was zu kommen! Also weiter und nicht schlappmachen. Und wirklich, nach sieben Schritten steh ich vor einer alten klapprigen Gartenpforte.

Die Pforte ist ziemlich hoch, und irgendwo oben muss das Schild gehangen haben mit *G. Ott* drauf. Und ich weiß: Wo Namensschilder hängen, wohnen welche, und wo welche wohnen, gibt's was zu fressen. Wenigstens eine Mülltonne muss da sein. Vielleicht auch mehr.

Ich lehne mich also gegen die Pforte, und tatsächlich: ist nicht abgeschlossen, quietscht ein bisschen, und ich schlüpfe durch den Spalt und bin drin.

Ich denke, ich spinne. Scheint plötzlich die Sonne im Garten von G. Ott. Ist plötzlich gar nicht mehr dunkel. Obwohl draußen Nacht ist.

Und überhaupt: alles wie gemalt. Blumen: rote, blaue, weiße, gelbe und alle Sorten. Das war so bunt, das tat den Augen weh. Konnte ja sein, dass das deshalb zu viel für mich war, weil ich doch monatelang nur Urwald, Sandweg und Hecke gesehen hatte.

Aber dann kam die Obstwiese. Und da dachte ich: Das kommt vom Hunger. Da waren nämlich Apfelbäume, die blühten und trugen gleichzeitig reife Äpfel. Und bei den Birnen, Kirschen und Pflaumen war es genauso.

Also, wer immer G. Ott ist, dachte ich, vom Gartenbau versteht der was.

Dann führte der Weg an Wasserfällen vorbei. Überall sprudelte und gurgelte es, und ich konnte mich endlich satt trinken. Und da waren Bäche und Flüsse und Teiche und Seen. Und ganz hinten stand eine Gartenlaube, die war von Weinreben überwuchert, und es sah aus, als würden die reifen Trauben zum Fenster reinwachsen. Dieser G. Ott musste nur seine Hand ausstrecken, schon konnte er Weintrauben essen.

Wirklich erstaunlich, dachte ich und war plötzlich sehr neugierig, diesen G. Ott kennen zu lernen.

Vor der Laubentür hing eine Windharfe, die klingelte leise, als ich näher kam, und dann öffnete sich plötzlich die Tür, und ein kleiner, alter, dünner Mann kam heraus, der trug eine Schiebermütze und ein kariertes Hemd und bollerige Cordhosen und eine grüne Gartenschürze. Das also war G. Ott.

Wie müde er aussieht, dachte ich. Muss ja auch anstrengend sein, einen so großen Garten in Ordnung zu halten. Aber ein bisschen enttäuscht war ich doch, denn irgendwie hatte ich ihn mir anders vorgestellt. Größer vielleicht oder dicker.

»Na, so was«, sagte er freundlich, »wen haben wir denn da? Du siehst ja halb verhungert aus.«

Da hatte er Recht, ich war halb verhungert.

»Na, dann komm mal rein«, sagte G. Ott. »Was isst du denn am liebsten?«

»Hähnchenhaut«, hauchte ich matt.

»Schade«, sagte G. Ott traurig.

»Mit Hähnchenhaut kann ich nicht dienen. Ich esse kein Fleisch. Aber vielleicht magst du Grünkernfrikadellen?«

Ausgerechnet Grünkernfrikadellen! Da ist man halb verhungert. Da hat man monatelang von Hähnchenhaut geträumt.

Na ja, immer noch besser als nichts, dachte ich.

Es war übrigens seltsam, von innen schien die Gartenlaube viel größer zu sein als von außen. G. Ott führte mich einen langen hellen Flur entlang, und ich zählte mindestens fünf Türen allein auf der rechten Seite. Und als G. Ott die letzte Tür öffnete, war ich wirklich erschlagen: eine Küche groß wie ein Tanzsaal. In der Mitte stand ein alter Holztisch, da konnten mindestens zwanzig Leute dran sitzen und essen. Im offenen Kamin brannte ein Holzfeuer, und es prasselte und knisterte so gemütlich, dass ich mich am liebsten sofort davor gelegt hätte. Auf dem Fensterbrett hatte sich eine alte weiße Katze zusammengerollt, aber die beachtete mich nicht. Unter der Decke hingen getrocknete Kräuter und Apfelringe, die auf Fäden aufgereiht waren. In der Ecke stand ein Küchenherd und darauf ein Suppentopf. Es roch so lecker, dass mir das Wasser im Mund zusammenlief.

Und dann sah ich den Küchenschrank! Wahnsinn! Der Schrank hatte sieben Türen, und auf jede Tür war ein Bild gemalt. Und was für Bilder! Ich sah Felsen und

Schluchten. Ich sah Stürme und Überschwemmungen. Ich sah Blitze und Eismeere und Urwälder. Und Sterne und Sonne und Mond und eine wunderschöne blaue Kugel vor einem Hintergrund, der unendlich schwarz und einsam war. Das siebte Bild jedoch zeigte den Garten, durch den ich gelaufen war, mit allen Blumen, Quellen und Obstbäumen. Und mehr noch: Ich konnte auf dem Bild auch Schmetterlinge, Vögel und Schafe erkennen, die ich draußen nicht bemerkt hatte.

G. Ott öffnete den Küchenschrank und holte einen Teller mit Grünkernfrikadellen heraus. Dann goss er süße Milch in eine Schale und stellte beides vor mich hin.

Ich muss sagen, so schlecht waren die Frikadellen gar nicht. Sie erinnerten sogar ein bisschen an Hähnchenhaut.

G. Ott sah, dass es mir schmeckte, und lächelte.

»Na bitte«, sagte er dann. »Ich wusste, du würdest es mögen. Wie heißt du eigentlich?«

Eine Stubenfliege summte laut, während ich versuchte, mich an meinen Namen zu erinnern. Das war ziemlich zwecklos, denn ich war noch nie jemandem begegnet, der mich gerufen hatte. Und wozu braucht man einen Namen, wenn niemand da ist, der ihn ausspricht. Ich war bis jetzt ganz gut ohne Namen ausgekommen. Mir hatte nichts gefehlt. Ich konnte zu mir sagen: Ich gehe, ich bin müde, ich hab Hunger, ich will schlafen. Ich konnte sagen, das ist der Urwald, das ist die Hecke, das ist der Sandweg, und das bin ich.

»Du kennst deinen Namen nicht?«, fragte G. Ott.

Ich schüttelte den Kopf.

»Wenn das so ist«, sagte G. Ott, »dann müssen wir sofort deinen Namen suchen.«

Er holte ein Buch. *Meine Welt* stand in Goldbuchstaben auf dem Einband. Es war mächtig dick, und als G. Ott es aufklappte, sah ich lauter Zeichnungen: Schmetterlingsflügel, Vogelfedern, Tiere mit langen Hälsen, Tiere mit kurzen Hälsen, Pflanzen, Gräser und Landkarten. Ich glaubte sogar, den Gartenplan zu erkennen. Neben die Zeichnungen waren in einer engen kleinen säuberlichen Handschrift Namen geschrieben.

»Selbst gemalt?«, fragte ich.

»Sicher«, antwortete G. Ott.

Ich war beeindruckt, denn so viel zu zeichnen und zu schreiben hätte ich diesem dünnen Mann gar nicht zugetraut.

Musste Jahrzehnte gedauert haben, was sag ich, Jahrzehnte. Jahrhunderte!

»Erfindungen?«, fragte ich.

G. Ott nickte.

»Muss lange gedauert haben, so viel zu erfinden, und dann auch noch der Garten!«

»Ewigkeiten!«, sagte G. Ott und blätterte die Seiten um. »Und ich bin noch lange nicht fertig.«

Er sah wirklich sehr müde aus, so als ob ihm die ganze Arbeit über den Kopf gewachsen wäre.

»Im großen Ganzen könnte eigentlich alles perfekt funktionieren«, erklärte er. »Wenn ich bloß nicht auf Lobkowitz gehört hätte.«

»Lobkowitz?«, fragte ich.

»Lobkowitz!«, sagte G. Ott.

»Du wirst ihn noch kennen lernen. Er trägt einen grauen Filzhut und eine Rotweinflasche in der Manteltasche. Trinkt zu viel. Kommt nicht los von dem Zeug. Eigentlich jammerschade!«

G. Ott sagte plötzlich nichts mehr. Er starrte aus dem Fenster und grübelte.

»Und?«, fragte ich.

»Warte«, sagte G. Ott. »Jetzt weiß ich wieder, wo's steht.«

Er blätterte drei Seiten weiter.

»Da!«

Ich kuckte ins Buch.

Was sah ich?

Mich.

Fein säuberlich gezeichnet. Als ob ich G. Ott Modell gestanden hätte.

»Das bin ja ich«, sagte ich.

»Natürlich«, lächelte G. Ott. »Und jetzt lies mal, was da steht!«

Und ich las. Und da stand:

HUND!

»Dein Name!«, sagte G. Ott. »Das ist dein Name. Ich wusste doch, dass du einen Namen hast.«

»Hund«, sagte ich leise, und dann noch mal: »Hund!«

Und wirklich, der Name passte mir:

Er war nicht zu lang, er war nicht zu kurz, er war nicht zu groß, er war nicht zu klein, er passte mir wie angegossen. Er passte mir wie mein Fell.

Hund war genau so, wie ich mich fühlte.

»So«, sagt der Hund. »Jetzt kennt ihr die Geschichte.«

»Und Lobkowitz?«, fragt Prinz Neumann. »Was war denn mit Lobkowitz?«

»Genau«, sagt Lotta. »Die Geschichte ist überhaupt nicht zu Ende. Kein bisschen zu Ende ist die!«

»Und was war sonst noch alles in dem Buch gezeichnet?«

»Und wieso konnte G. Ott dich gemalt haben, wenn er dich noch nie gesehen hatte!«

»Und bist du bei ihm geblieben, oder was?«

Der Hund tut so, als hätte er nichts gehört.

Er fängt an, seine Pfote zu lecken. Und zieht die Nase kraus und leckt zwischen den Zehen.

»Das kenn ich«, sagt Lotta. »Das hat er im Wald auch gemacht. Wenn er das tut, redet er nicht mehr mit uns.«

»Schade, es war gerade so spannend. Erzähl doch noch ein bisschen!«, bettelt Prinz Neumann.

Der Hund reißt das Maul auf und gähnt.

»Morgen«, gähnt er, und dann rollt er sich zusammen und macht die Augen zu.

Als der Hund wach wird, ist stockfinstere Nacht.

Keine Eulenschreinacht. Keine Sternschnuppennacht. Keine Käsemondnacht. Keine Feldscheunennacht.

Davon hat er nur geträumt und von Lobkowitz, der ihn gejagt hat mit der Rotweinflasche. Und dass im Traum Lobkowitz nach Zwiebeln gestunken hat, das kann der Hund immer noch riechen.

Und noch etwas riecht er plötzlich:

Er ist nicht mehr allein im Schuppen.

Draußen trommelt der Regen aufs Teerpappedach, und drinnen stellt der Hund jetzt beide Ohren auf und lauscht, und seine Schnauze zittert ein bisschen.

Er hört, wie es in der Kartoffelkiste rumpelt. Die Kartoffeln rollen übereinander. Er hört ein leises Ächzen, so als ob da jemand etwas Schweres tragen müsste.

Dann ein Trippeln … das Knacken von Holz … ein dumpfes Poltern …

Sein Nackenfell sträubt sich.

Der Hund wittert Gefahr. Das hat er gelernt in den Feldscheunennächten: Gefahr wittern … mit offenen Augen schlafen …

Jetzt raschelt es wieder. Diesmal neben dem alten Kanonenofen. Als ob da jemand in der Papierkiste wühlt.

Wenn es nur nicht so zwieblig röche, denkt der Hund.

Verdammt! Dieser Geruch steckt wie ein Schnupfen in der Nase.

Vielleicht sind es Mäuse, hofft er, oder ein kleines Kaninchen, das dumm und unerfahren seinen Gang gegraben hat und jetzt zitternd in der Papierkiste hockt.

Der Regen trommelt, und sein Hundeherz klopft laut.

Und jetzt raschelt nichts mehr und nichts poltert und knackt.

Und dann pfeift es leise, und es pfeift noch einmal und plötzlich weiß der Hund: Das ist Rättisch, einwandfrei Rättisch.

Und jetzt endlich riecht er es auch: Rattengeruch! Unangenehm, faulig, widerlich, wie ein Abwasserkanal.

Wenn es nicht so stockfinster wäre, könnte ich sehen, wie groß die Ratte ist.

Wenn Lotta die Tür nicht abgeschlossen hätte, einfach rennen und weg … Bloß nicht kämpfen, denkt der Hund. Alles, aber nicht kämpfen … nie wieder.

Er erinnert sich an seinen letzten Rattenkampf. Das war im Winter gewesen. Er hatte einen warmen Keller gefunden in jener Nacht, einen warmen Keller mit einer zerbrochenen Fensterscheibe.

Wie jetzt war er plötzlich aufgewacht, und genau vor ihm saßen drei fette Ratten mit glänzenden Knopfaugen und fauchten ihn an.

»Hau ab!«, hatten sie gefaucht. »Verpiss dich!«

Und als er zurückgeknurrt hatte, war die größte Ratte ihm in den Nacken gesprungen und hatte zugebissen. Nur mit Mühe und Not war er entkommen.

Bloß nicht kämpfen, denkt der Hund.

Und dann passiert es: Die Ratte faucht. Genau wie damals.

»Was tust du hier in meinem Schuppen?«, faucht sie.

»Iiich? Mmeinst du mmich?«, stottert der Hund.

»Wen sonst!«, pfeift die Ratte.

»Ich schlaf hier nur ein bisschen«, sagt der Hund und macht sich ganz klein.

»So«, sagt die Ratte. »Und wer sagt, dass du in meinem Schuppen schlafen darfst?«

»Das Lottamädchen hat mich hergebracht«, sagt der Hund.

»Ich mag keine Gäste!«, faucht die Ratte. »Und schon gar keine Hundegäste!«

Der Hund zittert, aber er nimmt allen Mut zusammen:

»Das Lottamädchen hat mir erlaubt hierzubleiben, und niemand hat gesagt, dass das dein Schuppen ist.«

»Du weißt, dass ich dich beißen könnte?«, flüstert die Ratte.

»Bitte tu das nicht!«, sagt der Hund.

»Dann hau ab oder bezahl!«, sagt die Ratte.

Der Hund überlegt. Er hat ja nichts, womit er bezahlen könnte, oder?

»Das Kissen wäre gerade weich genug für mich!«, sagt die Ratte.

»Aber … aber das Kissen gehört doch dem Lottamädchen«, antwortet der Hund.

»Ich könnte dich wirklich beißen!« Die Stimme der Ratte wird drohend.

»Wwwarte!«, stottert der Hund. »Ich habe eine Idee!«

»Hoffentlich eine gute«, sagt die Ratte.

»Hähnchenhaut«, flüstert der Hund. »Wie wär es mit Hähnchenhaut?«

»Roh oder gebraten?«, zischt die Ratte.

»Gebraten«, antwortet der Hund. »Knusperbraun gebraten!«

Die Ratte schluckt gierig. Eine Delikatesse. Knusperbraun gebratene Hähnchenhaut. Einmal hatte der Rattenkönig Hähnchenhaut erbeutet, vor langer Zeit, und das erzählt man noch heute. Fettig, saftig und knusprig. Es war ein Festmahl gewesen.

»Dann bezahl!«, sagt die Ratte. »Her mit der Hähnchenhaut!«

»Nicht jetzt!«, sagt der Hund. »Morgen bestimmt, aber nicht jetzt. Jetzt ist Nacht, und gebratene Hähnchenhaut gibt es nicht nachts.«

»Na gut«, zischt die Ratte. »Aber wehe, du hast gelogen. Du weißt, was passiert, wenn ich wiederkomme und du kannst nicht bezahlen!«

Sie faucht noch mal und der Hund ist allein.

Tief atmet er auf, rollt sich zusammen und schläft mit offenen Augen ein.

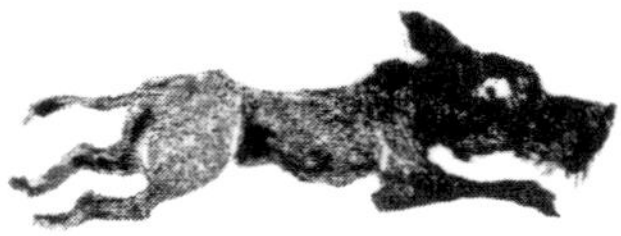

Der Morgen ist da, und es regnet nicht mehr. Draußen sieht alles wie neu aus. Gewaschen und sauber, und der Himmel ist blau wie ein Pfefferminzbonbon.

Prinz Neumann wird wach, weil ihn ein Sonnenstrahl kitzelt.

Und sein erster Gedanke ist Hund. Er springt aus dem Bett, reißt die Schublade auf und fängt an zu kramen.

»Verflixt! Es muss hier sein«, sagt er. »Ich weiß genau, ich hab's hier reingelegt.«

»Mach nicht so 'n Krach!«, mault Lotta. »Ich will noch schlafen.«

»Schlafen! Schlafen kannst du im Winter!«, sagt Prinz Neumann. »Der Hund ist bestimmt schon wach. Ich such das Herz!«

»Welches Herz?«, gähnt Lotta.

»Das gelbe!«, sagt Prinz Neumann. »Das gelbe Herz mit dem Druckknopf! Das, wo man den Zettel reintut! Mit Namen und Anschrift!«

»Kenn ich nicht«, sagt Lotta. »Hab ich nie gesehen!«

»Mensch, tu doch nicht so! Das Herz hat Klaus Teddy gehört. Ein gelbes Herz an einem gelben Band. Wir können es dem Hund schenken. Damit die Leute wissen, wem er gehört!«

»Du spinnst!«, sagt Lotta. »Du weißt doch gar nicht,

ob er bleibt! Vielleicht haut er morgen wieder ab! Vielleicht sucht ihn schon jemand!«

»Meinst du?«, fragt Prinz Neumann erschrocken, aber dann schüttelt er den Kopf. »So ein Quatsch! Du hast ihn im Wald gefunden, und er war halb verhungert, und er selbst hat gesagt, er kommt von weit! Den sucht keiner! Der ist froh, dass er bei uns ist! Ich werde ihn fragen! Also sag schon, wo ist das Herz?«

»Nervensäge«, sagt Lotta. Aber sie steht auf und sucht und kramt, kracht mit den Schubladen, knallt mit den Türen, und tatsächlich: Sie findet das Herz.

Ein gelbes Herz mit einem Druckknopf. Ein Herz, in das man einen Zettel stecken kann, mit Namen und Anschrift. Ein sehr nützliches Herz, denn wer so ein Herz hat, der kann nie verloren gehen.

Der Hund ist müde, denn mit offenen Augen schläft es sich nicht gut. Aber froh ist er auch, als die Sonne endlich aufgeht.

Und er nimmt Anlauf, springt auf den wackeligen Stuhl und von dort auf den Tisch, der genau unter dem Fenster steht.

Und da sitzt er und kuckt nach draußen.

Er sieht, wie die Sonne hinter der Kastanienallee

aufgeht, und nach dem Regen in der Nacht ist alles wie neu, gewaschen und sauber, sogar der Himmel.

Je höher die Sonne steigt, desto blasser werden die Nachtschatten, die dem Hund auf der Seele liegen.

Eigentlich war die Ratte nicht groß, denkt er, eigentlich war sie eher klein und mager und mickrig. Ich wäre sicher spielend leicht mit ihr fertiggeworden. War wirklich nicht nötig, mit ihr zu verhandeln.

Der Hund schnauft leise.

Na ja, der Klügere gibt nach, und warum sollte ich mich mit einer kleinen mickrigen Ratte prügeln. Ein bisschen Hähnchenhaut, schon hat man Ruhe.

Lobkowitz hätte das auch so gemacht, denkt der Hund und erinnert sich an die Sternschnuppennacht.

Die Sternschnuppennacht, draußen im Schlosspark, als plötzlich von irgendwoher ein Gewittersturm heulte, als Lobkowitz dachte, der Himmel stürzt ein, weil er auf dem Rücken lag und es aussah, als flögen die Sterne direkt auf ihn zu.

Da war Lobkowitz aufgesprungen, hatte sich an seiner Weinflasche festgehalten und in den Sturm gebrüllt.

»Du Wahnsinniger!«, hatte er gebrüllt. »Halt ein! Du machst deinen ganzen Himmel kaputt! Hör auf! Wir können doch verhandeln!«

Lobkowitz hatte mit dem flatternden Mantel wie eine riesige schwarze Krähe ausgesehen. Und der

Sturm hatte geheult und Lobkowitz den Hut vom Kopf geblasen.

»Ah, du willst nicht verhandeln! Ich verstehe!«, brüllte Lobkowitz. »Du willst kämpfen! Dann schlag zu! Hier bin ich!«

Gleich fliegt er weg, dachte der Hund.

Aber Lobkowitz flog nicht weg. Er hatte sich gegen den Sturm gestemmt und wich keinen Zentimeter. Da ging dem Sturm plötzlich die Luft aus, und nur ein kleiner Wind blieb zurück.

Und Lobkowitz rief:

»Ha! Du gibst auf! Das hab ich gewusst! Also doch verhandeln! Sag, was du forderst!«

Der Wind wehte leise durch die Rotbuchenblätter.

Und Lobkowitz erstarrte und rief:

»Nein!«, und drückte die Flasche fest an die Brust. »Nein! Das kannst du nicht verlangen! Das halt ich nicht durch! Der Preis ist zu hoch für den Himmel!«

Und es sah aus, als wollte Lobkowitz weglaufen, denn er drehte sich um, hüpfte wie eine Krähe mit großen Sprüngen davon und blieb plötzlich stehen, am Ende der Wiese, und streckte die Hände aus, als sei dort eine gläserne Wand, die ihn hinderte weiterzuhüpfen. Und dann blickte Lobkowitz zögernd nach oben zum Himmel, sah, dass es immer noch Sterne regnete, und wusste, er hatte keine Wahl. Und er schluckte und sagte dann müde:

»Gut, du gewinnst! Ab morgen ist Schluss mit dem Saufen! Aber ab morgen erst, hast du verstanden! Denn diese Flasche ist heilig, und ich werde sie heute noch trinken …«

Er verstummte und senkte den Kopf, um gleich darauf wütend die Faust zu ballen und verzweifelt zu brüllen:

»Aber merk dir eins, unsere Abmachung gilt nur dann, wenn du augenblicklich aufhörst, mit Sternen zu schmeißen!«

Da hatte der Wind sich gelegt, und der Hund hatte zum Himmel geschaut und Lobkowitz auch. Und die Sterne hatten wirklich still gestanden und waren so fern wie immer. Lobkowitz hatte geschluchzt, die Flasche umklammert, sich rückwärts ins Gras fallen lassen und fremde Wörter gemurmelt:

»Barolo, Chianti, Bordeaux, Rioja, Montepulciano, Barolo, Chianti, Bordeaux, Rioja, Montepulciano.«

Das klingt wie ein Zauberspruch, hatte der Hund gedacht.

Und dann hatte Lobkowitz mit einem tiefen traurigen Seufzer seine letzte Flasche Rotwein geöffnet.

»Barolo, Chianti, Bordeaux, Rioja, Montepulciano … Kleine, magere, mickrige Ratte«, murmelt der Hund. »Barolo, Chianti, Bordeaux, Rioja, Montepulciano … Kleine, magere, mickrige Ratte.«

Und er seufzt, als er an die Hähnchenhaut denkt.

»Frühstück!«, ruft Lotta und öffnet die Schuppentür.

»Überraschung!«, ruft Prinz Neumann und versteckt seine Hände hinterm Rücken.

»Also was jetzt?«, fragt der Hund. »Frühstück oder Überraschung?«

»Beides!«, sagen Lotta und Prinz Neumann.

»Zuerst das Frühstück!« Der Hund springt vom Tisch. Lotta stellt eine Schüssel mit einem klein geschnittenen Leberwurstbrot hin. Der Hund schnüffelt, schlingt und schmatzt und leckt sich die Schnauze.

»Siehst du«, sagt Lotta zu Prinz Neumann. »Er mag auch Leberwurstbrote. Ich hatte recht.«

»Hähnchenhaut ist besser!«, knurrt der Hund.

Und Prinz Neumann beugt sich zu ihm hinunter und flüstert ganz leise:

»Das hab ich gewusst! Von mir kriegst du Hähnchenhaut! Versprochen!«

»Wann?«, flüstert der Hund heiser.

»Bald!«, flüstert Prinz Neumann.

Hoffentlich heute, denkt der Hund, sonst bin ich verloren.

»Was habt ihr denn da zu flüstern?«, fragt Lotta neugierig.

»Nichts, nichts!«, sagt Prinz Neumann und zwinkert dem Hund zu.

Und der Hund zwinkert zurück.

»Und jetzt die Überraschung! Also, welche Hand willst du haben?«

»Beide!«, antwortet der Hund.

»Das geht nicht! Du musst dich entscheiden!«

»Also gut! Dann eben die linke!«

Prinz Neumann streckt die linke Faust vor und öffnet sie, und der Hund sieht ein gelbes Herz an einem gelben Band.

»Das ist deins«, sagt Prinz Neumann schnell. »Damit du nicht mehr verloren gehst! Das kannst du doch brauchen, du wohnst doch jetzt hier, oder?«

Der Hund bringt keinen Ton raus.

Da ist plötzlich ein dicker Kloß in seinem Hals, ein Weinen, und er schluckt und schluckt, und der Kloß rutscht kein bisschen tiefer.

Nicht mehr verloren gehen! Wissen, zu wem ich gehöre! Zu Hause!, denkt der Hund. Das ist zu Hause! Nicht nur für heute und morgen! Nicht nur für eine Woche! Einen Monat! Einen Winter! Das ist zu Hause für immer!

Wenn ich will, denkt der Hund, bin ich für immer zu Hause!

Mit Streicheln und Kraulen und Hähnchenhaut und Leberwurstbrot und Wassernapf und Hundedecke und Spazierengehen und Stöckchensuchen und Bellen und Toben!

Jetzt muss der Hund nur noch mit dem Kopf nicken und stillhalten.

Und dann wird Prinz Neumann ihm das Herz um den Hals binden, und der Hund ist endlich zu Hause.

Er schluckt und schluckt, aber der Kloß will nicht rutschen.

»Du, sag doch was, Hund!«, bittet Prinz Neumann, und seine Stimme wird ganz klein. Er fürchtet, der Hund könnte Nein sagen.

Da hat der Hund tatsächlich alle Fremdsprachen vergessen und heult plötzlich los, so wie Hunde heulen, wenn sie sich freuen.

Und heult und bellt und winselt und hüpft und springt und wedelt mit dem Schwanz. Und legt sich dann auf den Rücken, so wie es Hunde tun, wenn sie Ja sagen wollen.

»Was hat er denn?«, fragt Lotta erstaunt. »Tut ihm was weh?«

Prinz Neumann hockt sich neben den Hund und will ihn beruhigen. Da leckt ihm der Hund die Hand, so wie es Hunde tun, wenn sie Freundschaft schließen.

Und Prinz Neumann versteht.

Er umarmt seinen Hund, drückt ihm die Nase ins Fell und flüstert ganz leise:

»Ist ja gut, Hund! Du bist ja mein Hund, mein allerbester Hund! Du bleibst hier!«

Der Hund hält ganz still, damit ihm Prinz Neumann das gelbe Herz umbinden kann, während Lotta immer noch staunt.

»Was war los?«, fragt sie dann. »Was habt ihr geredet? Will der Hund bei uns bleiben? Nun sag schon!«

Prinz Neumann lacht, und der Hund lacht auch.

Überhaupt sieht der Hund jetzt ganz anders aus, irgendwie frisch gebadet. Gar nicht mehr schmutzig.

Zu so einem Hund würde niemand sagen: »Hau ab!«

Zu so einem Hund würde man sagen: »Komm mal her!« und »Wie heißt du denn?«

Und das macht das Halsband mit dem gelben Herzen. Der Hund sieht plötzlich aus, als ob er ein Zuhause hätte, und das hat er ja auch.

»Also was jetzt? Will er bleiben?«, fragt Lotta.

»Das kann man doch sehen!«, antwortet Prinz Neumann und nickt, und der Hund nickt auch.

»Dann müssen wir mit Opa Schulte verhandeln«, sagt Lotta und seufzt. »Das wird nicht leicht werden.«

Prinz Neumann legt den Arm um den Hund. »Wenn er gehen muss, geh ich auch! Das kannst du Opa Schulte bestellen.«

»Noch ist er verreist«, sagt Lotta. »Lass mich das mal machen! Das krieg ich schon hin. Schließlich findet man nicht alle Tage sprechende Hunde im Wald.«

Der Hund atmet auf. Einen Moment lang hatte er geglaubt, jetzt wäre alles vorbei und aus.

Und Lotta setzt sich auf die andere Seite vom Hund und streichelt ihn fast so, wie Prinz Neumann das tut.

»So!«, sagt sie dann. »Und jetzt musst du weitererzählen! Was war mit G. Ott und diesem Lobkowitz?«

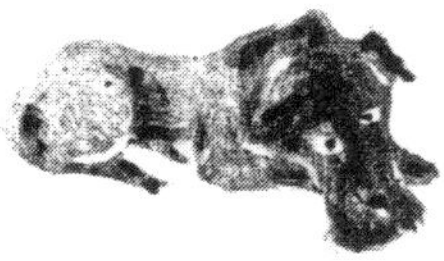

»Also gut«, sagt der Hund. »Sitzt ihr bequem?« Dann räuspert er sich und denkt an Lobkowitz und erzählt:

GUSTAV OTT WAR, WIE GESAGT, ERFINDER. Und ich bin sicher, einen besseren Erfinder hat die Welt nie gesehen. Er war einfach perfekt. Was auch immer er anpackte, wurde gut. Das sah man ja schon am Garten. Das blühte und wuchs wie verrückt. Das war einfach wahnsinnig schön.

Die Paradiesäpfel, wie G. Ott die Tomaten nannte, die Paradiesäpfel schmeckten nach Abendsonne: rot und warm.

Und die richtigen Äpfel erst! Mindestens achtzig, was sag ich, hundert verschiedene Apfelsorten reiften an seinen Bäumen, und jede Sorte schmeckte anders:

Es gab Äpfel, die schmeckten nach Herbstwind, würzig und wild und kalt.

Es gab Äpfel, die schmeckten nach Rosen, zart und mild und warm.

Es gab Äpfel, die schmeckten nach Lachen und Weinen, bitter und süß zugleich.

Es gab die harten sauren Winteräpfel und die weichen süßen Sommeräpfel.

Und obwohl ich schon damals Hähnchenhaut am liebsten aß: Bei G. Ott hab ich nicht eine Sekunde etwas vermisst.

G. Ott hatte eigentlich nur ein Problem: Er schien

keinen einzigen Freund zu haben. Er war schrecklich allein.

Er hatte den schönsten Garten der Welt und war mutterseelenallein. Er hatte das schönste Haus der Welt und war mutterseelenallein.

Solange ich bei ihm wohnte, kam niemand zu Besuch. Nie übernachtete jemand in einem der sieben Gästezimmer, und die Stühle um den großen Tisch in seiner großen Küche blieben immer leer.

Es hat mich oft traurig gemacht, wenn ich nach dem Mittagsspaziergang zurückkam und G. Ott an seinem riesengroßen Küchentisch in seiner riesengroßen Küche sitzen sah. Die alte weiße Katze schnurrte um seine Beine, und er saß da: so klein, so verloren. Und trotzdem hat er nie geklagt, trotzdem war er immer freundlich. Ja, er kochte für mich und war immer freundlich.

Über seine Arbeit sprach er nicht gern, wenigstens nicht freiwillig. Ich konnte das nicht verstehen, denn wenn ich so ein Erfinder gewesen wäre wie G. Ott, ich hätte der Welt schon sagen wollen, was in mir steckt.

Eines Nachmittags, er saß gerade mal wieder an seinem Küchentisch und zeichnete, habe ich ihn dann einfach gefragt.

»Wie machst du das mit dem Erfinden«, habe ich gefragt. »Wie geht so was eigentlich?«

Er blickte von seiner Arbeit auf und sah mich verständnislos an.

»Was meinst du, Hund?«

»Na, das mit dem Erfinden«, hab ich gesagt. »Wie das geht?«

»Ach, das Erfinden«, antwortete er zerstreut. »Genau muss man sein, Hund. Das ist das Wichtigste. Sehr genau muss man sein und viel überlegen.«

Er blätterte in dem *Meine Welt*-Buch.

»Schau hier«, sagte er dann und zeigte mir eine Doppelseite, die mit *VOGEL* überschrieben war. Er hatte dort Federn und Flügel gezeichnet und verschiedene Vögel, die verschiedene Namen hatten: Waldohreule, Wiesenweihe, Silbermöwe und Schnatterente.

»Schau dir die Federn an, Hund. Die Feder zu erfinden war sehr schwierig. Leicht muss sie sein und doch fest. Biegsam und trotzdem widerstandsfähig. Sie muss gegen Kälte schützen, gegen Nässe und gegen Verletzungen, sie dient als Tarnung und bildet die Tragflächen für den Flug in der Luft.

Ich hatte zuvor die Schlangen, die Drachen und Eidechsen erfunden und sie mit Hornschuppen zu schützen versucht«, erklärte G. Ott. »Hornschuppen, wie auch die Fische sie haben, damit sie sich nicht verletzen, wenn sie an rauen Felsen vorbeischwimmen. Der Hornschuppenstoff war sehr gut gelungen, aber fürs Fliegen taugte er nicht.

Die Luft ist zwar dem Wasser sehr ähnlich, verstehst du, und das Fliegen ist wie das Schwimmen. Aber die Luft ist leichter und dünner als Wasser. Deshalb war der Hornschuppenstoff einfach zu schwer und zu dicht.

Ich dachte und dachte, und jeder Gedanke dauerte hundert Jahre. Denn das Denken ist langsam, wenn man genau sein will. Und dann fand ich die Lösung! Ich musste die Schuppen zerfasern, wollte ich Federn erfinden. Sie wurden so größer und leichter und waren doch immer noch fest genug für die Luft.«

G. Ott schaute mich an und lächelte. Denn ich saß mit offenem Mund vor dem Buch und versuchte, das alles zu verstehen. Dass das Erfinden so schwierig war, hätte ich nicht geglaubt, und am meisten beeindruckte mich, wie lange, wie unendlich lange so etwas dauert.

»Na?«, fragte G. Ott. »Hast du alles verstanden?«

Ich schluckte und schüttelte den Kopf.

»Mach dir nichts draus«, sagte G. Ott. »Lobkowitz hatte da auch seine Schwierigkeiten!«

»Lobkowitz?«, fragte ich.

G. Ott seufzte.

»Lobkowitz war mal mein bester Freund«, sagte er dann. »Er war wie ein Bruder für mich. Er hat hier gewohnt. Der Garten war seine Idee. Die Bäume, die Früchte, die Blumen, das Wasser. Und eigentlich auch das Erfinden. Lobkowitz nannte mich Ötte, denn Ott fand er langweilig, und Gustav würde nicht zu mir passen, hat er gemeint. ›Komm, Ötte!‹, hat Lobkowitz immer gesagt. ›Wir müssen was machen! Das ist hier zu öde! Da muss mehr Leben rein! Und Farbe, Ötte, reichlich Farbe! Sonst wird uns das hier langweilig auf Dauer!‹

Er sprühte nur so vor Ideen. Jeden Tag fiel Lobkowitz was Neues ein. Ich kam mit dem Zeichnen kaum nach. Genauso war das«, sagte G. Ott. »Lobkowitz hatte die Einfälle und ich war genau. Wir haben uns einfach prima ergänzt. Wenn ich aufgeben wollte, hat er mir Mut gemacht und gemeint: ›Komm, Ötte, du kannst das! Das klappt! Mach weiter!‹

Und hat mir ein Glas Rotwein hingestellt. Und tatsächlich, die öde, graue und tote Wüste, in der wir am Anfang lebten, wurde mit jedem Tag bunter und schöner und lebendiger.«

G. Ott stand auf und ging zum Küchenschrank.

»Hier, kuck dir diese Bilder an, Hund!«, sagte er. »Hier kannst du sehen, wie es war und ist. Das alles hat Lobkowitz gemalt. Er hat mir nämlich diesen Schrank geschenkt, damit ich nie vergesse, wie alles angefangen hat.«

G. Ott sah plötzlich furchtbar traurig aus, so als ob er gleich anfangen würde zu weinen.

»Und wo ist Lobkowitz jetzt?«, fragte ich.

G. Ott antwortete nicht. Er betrachtete den Schrank, und ich fragte mich, was wohl aus Lobkowitz geworden sein mochte. Warum hatte G. Ott seinen besten Freund verloren? Was war da passiert? Das geht doch nicht, dass man den besten Freund einfach verliert, so wie man ein Stöckchen verliert oder einen Knochen. Auf seinen besten Freund, der einen sogar Ötte nennt, wenn man Gustav heißt, auf den muss man doch aufpassen!

Die Malerei auf den Schranktüren war wirklich fabelhaft. Da hatte sich Lobkowitz mächtig ins Zeug gelegt. Das konnte man sehen. Am besten gefiel mir jedoch das Bild mit der blauen Kugel. Die leuchtete richtig aus dem Schwarz heraus.

Und je länger ich hinkuckte, desto vertrauter und bekannter kam mir die blaue Kugel vor. Ich fühlte plötzlich eine Sehnsucht in mir. Ich freute mich, dass es so etwas Schönes gab, aber es tat auch gleichzeitig weh.

Da musste ich weinen, nicht so, wie man weint, wenn man traurig ist, sondern so, wie man weint, wenn man sich riesig freut, so wie man weint, wenn man nach langer Zeit endlich nach Hause kommt.

Und dann begriff ich: Dies Bild war die Welt. Von ganz weit weg gesehen. Lobkowitz hatte hier seinen Traum gemalt, den Traum von der blauen Kugel, die in der schwarzen Unendlichkeit schwimmt: den einzigen freundlichen Ort in der Finsternis, den einzigen Ort, wo man immer sein und bleiben möchte.

Und ich verstand, warum Lobkowitz G. Ott Mut gemacht hatte. ›Ötte, du kannst das! Das klappt! Mach weiter! Das lohnt sich! Das lohnt sich, aus einer Wüste den Garten zu machen!‹

Und irgendwo auf dieser blauen Kugel war jetzt auch ich: in dem Haus, das in dem Garten stand, der G. Ott gehörte.

Ich kuckte G. Ott an und dachte, dass *Ötte* gut zu ihm passt. Ötte hörte sich wirklich so freundlich an, wie er war.

Es war jetzt ganz still in der Küche. Es war so still, dass ich das Summen der Bienen draußen im Weinlaub hörte und daneben das leise Klingeln der Windharfe.

G. Ott hatte sich wieder auf seinen Stuhl vor das Buch gesetzt. Den Kopf in die Hand gestützt, starrte er vor sich hin. Ab und zu seufzte er tief.

Da bin ich zu ihm gegangen und habe ihn mit der Nase angestupst und gesagt:

»Komm, Ötte! Du kannst das! Das klappt! Mach doch weiter! Und sei nicht so traurig! Erzähl mir lieber mehr von Lobkowitz!«

Ich weiß nicht warum, aber ich musste das sagen. Ich musste ihn da einfach Ötte nennen. Er sah doch so traurig aus!

Und G. Ott sah auf, schaute mich lange und nachdenklich an und meinte dann:

»Hund, du hast Recht. Auch wenn ich nicht glaube, dass ich noch etwas ändern kann, vielleicht tut es gut, dir davon zu erzählen.«

G. Ott stand auf, ging zum Küchenschrank und öffnete die Tür mit der blauen Kugel. Er nahm ein Glas und eine Flasche Rotwein heraus.

»Magst du Wein, Hund?«, fragte er. Ich schüttelte den Kopf.

»Lobkowitz hat am liebsten Rotwein getrunken«, sagte G. Ott und öffnete die Flasche. »Kaum hatte ich die roten Trauben erfunden, da hat Lobkowitz schon Rotwein aus ihnen gemacht. Alle Sorten von Rotwein. Und was für Namen er sich ausgedacht hat:

Barolo, Chianti, Bordeaux, Rioja, Montepulciano. Namen wie Zaubersprüche. Das war zu der Zeit, als wir gemeinsam den Garten anlegten. Es gab ja nichts außer Urwald, Sandweg und Hecke. Immer nur Urwald, Sandweg und Hecke. Und Lobkowitz und mich. Und Lobkowitz und ich, wir liefen seit Ewigkeiten nebeneinander her. Immer den Sandweg lang, immer geträumt, dass da noch was anderes wäre, außer Sandweg, Urwald und Hecke. War aber nicht!

Finsternis war und Irrsal und Wirrsal und Urwald und Sandweg und Hecke. Kein Laut zu hören in der Dunkelheit, außer unseren knirschenden Schritten im Sand.

›Ötte, du musst was erfinden‹, hat Lobkowitz schließlich gesagt.

Es war stockfinster, so wie es immer stockfinster war.

Wir hielten uns dicht beieinander, damit einer dem anderen aufhelfen konnte, wenn der stolperte.

›Du musst was erfinden, das einem zeigt, wo man ist‹, sagte Lobkowitz. ›Dann wüsste man auch, wo dieser verfluchte Sandweg aufhört, und liefe nicht immer im Schwarzen.‹

›Was meinst du denn? Was soll denn das sein, was ich erfinden muss?‹, hab ich gefragt.

›Nun‹, sagte Lobkowitz und unsere Schritte knirschten im Sand. ›Vielleicht irgendein Gegenteil. Ist ja nur so eine Idee von mir, aber es müsste irgendein Gegenteil geben. Zum Beispiel von Finsternis … ein Gegenteil von Finsternis, Ötte.‹

Ich blieb stehen.

›Du meinst‹, sagte ich, ›dass das Schwarze dann hell würde. Und dann wäre Schluss mit dem Tasten und Stolpern und Fallen. Der Weg läge vor uns. Wir könnten sogar sein Ende erkennen.‹

›So ähnlich stell ich es mir vor‹, sagte Lobkowitz. ›Die Finsternis kennen wir ja, doch was ist ihr Gegenteil?‹

›Es müsste klar sein‹, sagte ich, ›hell und durchsichtig, und Schluss wär mit Irrsal und Wirrsal.‹

›Genau!‹, rief Lobkowitz. ›Das ist es! Das ist fabelhaft! Komm, Ötte, erfinde!‹

So erfand ich das Licht.

Das war dann plötzlich ganz einfach, weil das Licht ja nur die andere Seite der Finsternis ist.

Die Finsternis ist kalt, also musste das Licht warm sein.

Die Finsternis ist schwarz, also musste das Licht weiß sein.

Das Licht war das erste Gegenteil, das ich erfunden habe.

Aber das eigentlich Fabelhafte war selbstverständlich die Idee vom Gegenteil«, sagte G. Ott.

»Und so was Verrücktes konnte nur Lobkowitz einfallen. ›Geht nicht gibt's nicht!‹, hat er immer gesagt. ›Geht nicht gibt's nicht, Ötte!‹«

Und dann verstummte G. Ott, und ich sah, wie ihm Tränen übers Gesicht liefen, und er goss nach und trank hastig, als ob er seinen Kummer ertränken wollte. Und nach dem fünften Glas Wein sank sein Kopf auf den Tisch, und er schlief fest und tief und war nicht mehr zu wecken.

»An dem Tag hat G. Ott mir nichts mehr erzählt.«

Der Hund sieht Prinz Neumann und Lotta an und schweigt.

»Aber sicher am nächsten Tag«, sagt Prinz Neumann.

Der Hund legt den Kopf auf die Pfote und atmet tief aus.

»Nein, das kannst du nicht machen, jetzt wieder den Kopf auf die Pfote legen. Das ist gemein. Du musst weitererzählen!«, ruft Lotta.

Der Hund verdreht die Augen, sodass man das Weiße sieht, und fängt an zu keuchen und zu hecheln.

»Was hat er denn nun schon wieder?«, fragt Lotta.

Da winselt der Hund und stöhnt auf, und Prinz Neumann streichelt ihn vorsichtig und fragt:

»Was ist los, Hund? Was hast du, was fehlt dir?«

»Du hast mir was versprochen!«, haucht der Hund.

»Meinst du Hähnchenhaut?«

»Ja«, stöhnt der Hund. »Knusprig gebratene Hähnchenhaut könnte mir helfen!«

»Der tut doch nur so!«, sagt Lotta. »Der will doch nur nicht weitererzählen!«

»Ich finde, er hat sich die Hähnchenhaut verdient!«, sagt Prinz Neumann.

»Und vielleicht erzählt er danach ja weiter ...«

Lotta steht unwillig auf.

»Ewig die Bettelei bei Hottas Hähnchengrill. Die halten uns doch für bekloppt. Und wer weiß, ob Hotta heute überhaupt Hähnchenhaut hat.«

»Hähnchenhaut«, flüstert der Hund mit ersterbender Stimme.

Hoffentlich bringen die beiden Hähnchenhaut mit, denkt der Hund, als Lotta und Prinz Neumann endlich losgezogen sind. Und er überlegt, was er tun kann, wenn Hotta heute keine Hähnchenhaut rausrückt. Nichts kann er tun! Gar nichts!

Das wäre *die* Katastrophe, denkt der Hund. Denn Ratten kann man nur einmal vertrösten. Keine Hähnchenhaut heute bedeutet Kampf! Todsicher! Kämpfen, bis Blut fließt!

Es kommt dem Hund vor, als wären Stunden vergangen, dabei läuten erst gerade die Mittagsglocken, und die Sonne steht hoch am Himmel.

Er war unruhig eingenickt, hat es immerfort rascheln gehört und geträumt, in der Ecke säße die Ratte und würde höhnisch grinsen und schon ihre Zähne schärfen.

Nun ist er aufgewacht, denn da sind Schritte vor der Schuppentür, und ein warmer, vertrauter Geruch steigt ihm in die Nase.

Schon läuft ihm das Wasser im Maul zusammen, und er leckt sich die Lippen.

»Hallo, Hund!«, ruft Prinz Neumann und kommt

rein und ist ganz aus der Puste vom Rennen. »Hallo, Hund! Ich hab was für dich!«

Tatsächlich, er trägt eine Tüte, und der Hund weiß genau, was drin ist!

»Ich hab's doch versprochen!«, sagt Prinz Neumann und lacht. »Und was ich verspreche, das halte ich auch!«

Am liebsten würde der Hund jetzt aufspringen und sich freuen, aber das darf er nicht. So wedelt er matt mit dem Schwanz und bleibt liegen und stöhnt.

Prinz Neumann runzelt die Stirn. »Du wirst doch nicht wirklich krank sein, Hund? Du darfst nicht krank werden! Ich hab dich doch lieb!«

Er öffnet die Tüte und schüttet die Hähnchenhaut in den Hundenapf.

»Das ist für dich! Das ist alles für dich! Komm, bitte friss!«

Der Hund schluckt und schluckt und kämpft seinen allerschwersten Kampf. Der Napf quillt über von Hähnchenhaut, braun und knusprig, und er darf nichts davon anrühren.

Ein Stück nur, nur ein winziges Stück, denkt der Hund.

Prinz Neumann hält ihm den Napf unter die Nase.

Nur ein winziges Stück, denkt der Hund. Das würde die Ratte nicht merken.

Doch da ist noch eine Stimme in ihm, die ruft:

Halt! Wenn du erst anfängst zu fressen, wird nichts übrig bleiben. Dann bist du verloren und hast kein Zuhause und auch keinen Freund!

Und der Hund dreht den Kopf zur Seite und rührt sich nicht. Er bleibt still liegen und versucht die Luft anzuhalten. Prinz Neumann ist jetzt ganz blass vor Sorge. Er kniet neben dem Hund und tastet ihm über den Bauch. Da jault der Hund auf.

»Tut das weh?«, fragt Prinz Neumann.

»Ja«, stöhnt der Hund. Und er fühlt sich mies, weil er lügt.

Prinz Neumann springt auf und läuft raus.

»Lotta!«, ruft er. »Lotta! Komm her! Schnell, Lotta, ich glaube, dem Hund geht's nicht gut!«

Als Lotta dann kommt, ist dem Hund schon fast alles egal. Die Hähnchenhaut duftet so knusprig, dass er Bauchschmerzen hat und das Gefühl, da wäre ein Loch, da, wo sonst der Magen sitzt.

Selbst in den dunkelsten Feldscheunennächten hat er sich besser gefühlt als jetzt. Trotz Hunger und Durst. Ach, nichts kann mehr quälen, als hungrig vor vollen Näpfen zu sitzen, denkt der Hund.

Da macht Lotta plötzlich ein Krankenschwestergesicht, und dem Hund wird ganz mulmig, so streng sieht sie aus. Sie drückt dem Hund auf dem Bauch rum, zieht dann die Augenbrauen hoch und sagt:

»Kamillentee! Kamillentee und Zwieback!«

»Meinst du, das hilft?«, fragt Prinz Neumann.

»Bei Klaus Teddy und bei dir hat das immer geholfen!«, sagt Lotta.

»Aber das schmeckt eklig, und vielleicht sind Hunde ganz anders als Teddybären und ich!«

»Wir werden's versuchen!«, sagt Lotta. »Geschadet hat das noch keinem.«

Und sie nimmt den Napf mit der Hähnchenhaut und will ihn forttragen.

»Lass die Hähnchenhaut hier!«, winselt der Hund. »Lass doch bitte die Hähnchenhaut hier! Hunde werden viel schneller gesund als Teddybären und Menschen! Und dann haben sie Hunger, und wenn sie nichts zu fressen finden, können sie sterben!«

Lotta runzelt die Stirn und will etwas sagen, aber Prinz Neumann nimmt ihr den Napf aus der Hand und stellt ihn zurück.

Lotta mit strengem Krankenschwestergesicht hat aufgepasst, dass der Hund den ekligen, lauwarmen Blütentee trinkt.

»Austrinken!«, hat sie befohlen. »Sonst kann das nicht helfen!«

Jetzt fühlt sich der Hund so elend, als wäre er wirklich krank. Er hat einen Schluckauf, Herzklopfen und Hunger.

Er wünscht sich, es wäre noch hell und die Sonne würde scheinen und der Prinzenjunge wäre noch da und würde ihn streicheln und kraulen.

Aber es ist dunkel und Prinz Neumann nach Hause gegangen.

»Nimm mich doch mit!«, hat der Hund gebellt. »Nur einmal, nur heute Nacht!«

»Das geht nicht, Hund!«, hat der Prinzenjunge gesagt. »Du weißt doch, dass wir dich noch verstecken müssen. Wenn sie dich finden, bringen sie dich ins Tierheim! Das willst du doch nicht, oder?«

Nein, das will der Hund nicht. Er hat schreckliche Dinge vom Tierheim gehört, dass man dort in Käfigen sitzt und dass immer einer weint und dass man davon ganz traurig wird.

Es ist wirklich fast finster im Schuppen. Nur das Fensterviereck leuchtet matt. Draußen liegt fahles Mondlicht über der Kastanienallee, und der Hund kann ein Stückchen Sichelmond sehen. Aber das hilft nicht, das ist nicht hell genug gegen die Angst und gegen das Zittern.

Da hört der Hund plötzlich ein Trippeln auf dem Teerpappedach.

Er stellt die Ohren auf, horcht.

Es trippelt genau über seinem Kopf, und es hört sich an, als ob da mehrere wären.

Ob die Ratte Verstärkung mitbringt?

Nein, das wird sie bestimmt nicht tun, hofft der Hund, dafür ist sie zu gierig.

Aber wer weiß?, denkt er dann. Man hat ja gehört, dass Ratten Familiensinn haben. Sie warnen einander, wenn Gefahr droht, sie bringen dem Rattenkönig zu fressen. Vielleicht teilen sie auch knusprig gebratene Hähnchenhaut.

Jetzt hat das Trippeln aufgehört. Still ist es, unheimlich still.

Irgendwo weit weg im Wald ruft eine Eule. Sonst nichts. Nur Stille und Sichelmond und Finsternis.

Da hält es der Hund nicht mehr aus.

»Komm raus, du Feigling!«, ruft er auf Rättisch. »Komm raus und zeig dich!«

Und da lösen sich lautlos schwarze Schatten von der Wand und stehen plötzlich vor ihm. Es sind fünf.

Fünf hungrige Ratten mit gefährlich glitzernden Augen. Eine größer als die andere.

»Nun, Freundchen«, faucht die größte Ratte. »Wie steht's mit dem Bezahlen? Ich hoffe, du hast genug Hähnchenhaut. Du siehst, wir sind hungrig!«

Dem Hund hat's die Sprache verschlagen. Kein rättisches Wort fällt ihm ein. Es ist, als hätte er diese Sprache nie gelernt.

Er nickt mit dem Kopf Richtung Napf.

Da stürzen die fünf pfeifend und fauchend dorthin, und puffen und stoßen und schubsen sich weg und zerren und reißen die Hähnchenhaut in Stücke und schlingen und schmatzen.

Dem Hund ist ganz übel vor Ekel und Angst. Er zittert und würgt.

Und alles geht gespenstisch schnell. In Sekunden haben die Ratten die Haut hinuntergeschlungen.

Der Napf ist jetzt leer.

Und sie bilden grinsend einen Kreis um den Hund und treten zwei Schritte vor, und der Hund kann ihre scharfen Rattenzähne sehen.

»Was wollt ihr denn jetzt noch von mir?«, keucht er. »Ich hab doch bezahlt!«

»Für gestern hast du bezahlt!«, zischen die Ratten. »Aber für heute noch nicht!«

»Mehr Hähnchenhaut habe ich nicht!«, sagt der Hund.

»Wir könnten dich beißen, nicht wahr? Aber … wir beißen dich nicht! Wir sind sehr geduldig!«, faucht die größte Ratte. »Wir warten bis morgen, doch wenn du dann nicht bezahlen kannst, könnte es sein, dass wir möglicherweise ungeduldig werden!«

»Das ist Erpressung«, keucht der Hund.

»Umsonst ist der Tod!«, entgegnet die Ratte. »Schließlich hast du dafür ein dichtes Dach über dem Kopf. *Zur fauchenden Ratte*, das beste Hotel in der Gegend! Da wirst du doch die Zeche nicht prellen! Also bis morgen! Und vergiss nicht, wir könnten dich beißen!«

So lautlos, wie sie erschienen sind, so lautlos verschwinden die Ratten in der Dunkelheit. Noch einmal hört der Hund das Trippeln über sich, dann nichts mehr.

So kann das nicht weitergehen, denkt er verzweifelt. Nicht jede Nacht diese Angst! Nicht immer mit offenen Augen schlafen! Gestern eine Ratte, heute fünf und morgen vielleicht zehn! Was mach ich bloß, wenn ich morgen nicht bezahlen kann? Wenn der Prinzenjunge mir keine Hähnchenhaut bringt?

Der Hund sucht einen Ausweg, und die Gedanken überschlagen sich in seinem Kopf.

Und wenn ich's ihm sage?, denkt er. Wenn ich ihm sage, dass die Ratten mich erpressen? Wenn ich den Prinzenjungen einfach bitte, mir zu helfen?

Nein, das geht nicht! Dann weiß er, dass ich gelogen habe! Dann könnte er denken, dass nichts von dem wahr ist, was ich erzähle!

Und vielleicht wird er dann traurig und danach böse wie das Fräulein Stratmann, denn so sind ja manche Menschen, denkt der Hund.

So ist es doch oft: Wenn sie traurig sind, werden sie böse!

Vielleicht nimmt mir der Prinzenjunge sogar das Herz wieder weg und schreit:

»Hau bloß ab und verschwinde! Und lass dich hier nie wieder blicken! Du Lügenhund!«

Warum ich?, denkt der Hund. Warum immer ich?

Fünf hungrige Ratten!

Muss ich denn zurück in den Wald, in die zugige Feldscheune, aufs Mooslager unter die Blutbuche? Wegen einer winzigen Lüge und fünf hungrigen Ratten?

Vielleicht muss ich wirklich gehen, denkt der Hund. Wenn mir nicht bald etwas Gutes einfällt, muss ich gehen. Denn auch Lobkowitz konnte nicht bleiben.

Und er denkt an die Käsemondnacht.

Die Käsemondnacht, draußen im Schlosspark – der Mond, ganz rund und ganz gelb, hing lächelnd am Himmel –, und Lobkowitz schaute auf, erblickte den Mond und schien etwas zu sehen, das nur er sehen konnte, denn er erschrak und zuckte zusammen. Dann wurde er wütend und brüllte:

»Du Heuchler! Du Heuchler mit deinem ewigen Lächeln! Mit deiner grinsenden Engelsgeduld! Was wärest du denn ohne mich? Nichts! Ein Niemand wärest du und würdest noch immer den Sandweg langstolpern in endloser Nacht, rechts Irrsal, links Wirrsal!«

Der Mond, ganz rund und ganz gelb, lächelte weiter stumm vor sich hin, und der Hund machte sich klein, denn er spürte Lobkowitz' wachsenden Zorn.

Lobkowitz hatte nämlich sein Versprechen gehalten und seit der Sternschnuppennacht nichts mehr getrunken, schon fünf Tage lang nichts. Fünf Tage lang keinen Schluck Rotwein.

Und es war ihm schwer gefallen, das wusste der Hund, denn am ersten Tag war Lobkowitz unruhig auf und ab gelaufen im Schlosspark, und seine Hände hatten gezittert, und er hatte leise geflucht:

»Zur Hölle mit dir und dem Himmel! Zur Hölle mit dir und der Welt! Wie soll man das aushalten, ohne Rioja, Barolo und Montepulciano! Wie soll man denn leben, ohne den Mut zu vergessen?«

So hatte Lobkowitz geflucht und noch andere seltsame Sachen gesagt:

»Du hast mich verstoßen! Du falscher Bruder! Und jetzt auch noch das! Nimmst mir die einzige Freude, den einzigen Trost! Willst mich erpressen mit deiner Welt und denen, die sie bewohnen!

Ich habe doch alles versucht! In all den Jahrtausenden habe ich sie begleitet, sie gelenkt und gelehrt, wie du es gewollt hast. Ich habe Ideen in ihre Köpfe gelegt: das Feuer, das Rad …

Sie haben gelernt, aus den Höhlen zu kriechen, aus Steinen Häuser zu bauen und prächtige Schlösser. Sie haben gelernt, ihr Feld zu bestellen und die Wüste zum Garten zu machen!

Nur eines habe ich nicht zu verhindern vermocht:

Dass sie auch das Gegenteil tun, dass sie die Häuser zu Steinen machen und den Garten zur Wüste. Du solltest dich selbst um sie kümmern! Schließlich bist du der Erfinder!«

Am dritten Tag ohne Rioja, Barolo und Montepulciano war Lobkowitz traurig geworden. Er hatte nicht mehr so furchtbar gezittert und war ruhiger, aber dafür weinte er viel und schien kleiner zu werden. Der schwarze Mantel hing traurig an ihm herunter, seine Augen glänzten nicht mehr und er wurde stumm, sagte kein einziges Wort.

Da hatte der Hund sich Sorgen gemacht, denn schließlich war die Geschichte, die Lobkowitz erzählt hatte, so spannend gewesen, dass er Hunger und Durst vergessen konnte und sogar das Alleinsein.

Ein Lobkowitz ohne Geschichte war so wie Hähnchenhaut mit Federn: zu nichts zu gebrauchen und fremd wie ein Fisch.

In jener Käsemondnacht, der fünften ohne Rioja, Barolo und Montepulciano, als der Mond still vor sich hin lächelte und keine Antwort gab, hatte Lobkowitz endlich sein Schweigen gebrochen und mit riesigem Zorn den Rest der Geschichte erzählt.

»Du Heuchler! Du mit deinem ewigen Lächeln! Mit deiner grinsenden Engelsgeduld! Du hast mich einfach verstoßen! ›Mir aus den Augen‹, hast du gesagt, das sei dein Garten und nur du dürftest bestimmen, wer darin wohne! Du seist schließlich der Hausherr! Was blieb mir da übrig als aufstehen, mein Bündel packen und dich verlassen?!

Ich hätte gelogen, sagst du! Dich hintergangen, sagst du! Deine Zeichnung verbessert, dich heimlich, hinter dem Rücken, getäuscht!

Du kannst doch nicht vergessen haben, wie es wirklich war. Du musst doch noch wissen, was du gesagt hast, als wir noch Freunde waren?

›Lobkowitz‹, hast du gesagt, ›jetzt haben wir alles erfunden! Das Licht und den Garten, die Fische, die Vögel, die Schafe, die Schnecken. Das Haus ist gebaut, mit der Küche, dem Schrank, dem Tisch und den Stühlen! Und trotzdem‹, hast du gesagt, ›trotz alledem‹, hast du gesagt, ›irgendwas fehlt!‹

›Was soll denn fehlen?‹, hab ich gefragt. ›Die Welt ist doch schön! Es ist alles gelungen! Und zwar besser, als wir es geträumt haben.‹

Wir lagen unter dem Apfelbaum, deinem liebsten im Garten, erinnerst du dich? Wir schauten ins Blätterdach und ich zählte die Sonnenflecken. Das flirrte und flimmerte grüngolden. Das war Leben und Licht und Freude und Frieden.

Und du sagtest: ›Trotz alledem, irgendwas fehlt! Wir müssen es teilen, das Glück. Das Leben, das Licht, die Freude, den Frieden, das müssen wir teilen‹, hast du gesagt. ›Was nützt uns das Haus, wenn nur wir es bewohnen, der Tisch, wenn nur wir daran sitzen?‹

Du warst es doch, der unbedingt Freunde wollte, Freunde, mit denen wir reden und lachen und singen könnten!

Und ich gab zu bedenken, wie schwierig das ist, sie zu erfinden.

Und da hast du gelacht und gemeint: ›Nichts leichter als das! Wir machen sie so wie uns selbst. Ein Abbild, ganz einfach ein Abbild!‹

Da habe ich dich gewarnt! Denn schon deine Geduld und meine Ungeduld waren für jeden von uns nicht leicht zu ertragen.

Und ich habe gesagt: ›Tu es nicht! Lass die Finger davon! Sie werden erfinden wollen wie du und wie ich. Sie werden neugierig sein und jedes Geheimnis wissen wollen. Und jeder wird besser sein wollen als der andere und klüger und größer und mächtiger. Dann werden sie streiten und gegeneinander kämpfen. Und aus und vorbei ist's mit Frieden und Freude und Glück!‹, hab ich gesagt.

Doch du hast trotzdem angefangen zu zeichnen, hast meine Warnung in den Wind geschlagen.

Und es ist nicht gelungen!

Wieder und wieder hast du begonnen, nichts war dir gut genug. Kein Entwurf taugte! Du weißt das! Du bist am Ende gewesen! Du warst müde. Da war doch die Luft raus! Jahrtausende später hast du kleinmütig an nichts mehr geglaubt und hast dich betrunken, erinnerst du dich?

Und endlich hast du gesagt:

›Lobkowitz, wir geben jetzt auf!‹

Und da erst, erst da hab ich dir die Hand geführt beim Zeichnen! Denn man kann doch nicht mittendrin aufhören, wenn man schon so weit ist! Du warst noch nicht fertig! Und ich habe doch nur versucht, dir zu helfen! Und jetzt soll ich schuld sein, an allem?

Ich? Der ich dich immer gewarnt habe?! Es ist doch deine Entscheidung gewesen, es zu versuchen. Und du hast auch gewusst, ich würde am Ende sagen: ›Geht nicht gibt's nicht!‹ Du hast mich ja schließlich gekannt!«

Lobkowitz hatte plötzlich nichts mehr gesagt und die Hände vors Gesicht geschlagen. Und seine Schultern zuckten.

Der Hund versuchte zu verstehen und verstand:

Das war keine ausgedachte Geschichte gewesen, die Lobkowitz in der ersten Nacht erzählt hatte, der Eulenschreinacht.

Das war alles ganz wahr. Das stimmte so. Das war wirklich geschehen!

Lobkowitz war wirklich mit G. Ott den Sandweg gegangen. Lobkowitz hatte wirklich in diesem Garten gewohnt zusammen mit G. Ott, der alles erfunden hat: das Licht und die anderen Gegenteile, die Vögel, die Fische, die Äpfel, die Birnen, die Pflaumen, das Wasser, den Wind und die Wellen und die ganze Welt.

So also war das, dachte der Hund. Und dann hat G. Ott, der große Erfinder, Lobkowitz rausgeschmissen, weil Lobkowitz ihm beim Erfinden zu helfen versucht hat.

Wie ungerecht, dachte der Hund, wie furchtbar ungerecht. Nur weil man helfen will, wird man rausgeschmissen? Nur weil man helfen will?

Lobkowitz' Schultern zuckten, und der Hund wäre am liebsten zu ihm gegangen, wollte ihn anstupsen und ihm die Hand lecken.

Du, Lobkowitz, wollte er sagen, jetzt heul hier nicht rum! Davon wird es nicht besser. Du heulst dir doch nur dein Herz kaputt! Du heulst dir doch nur die Geschichte weg! Erzähl sie lieber, damit ich sie weiß. Trink wieder Wein und erzähl! Wir schwarzen Hunde, wir müssen doch zusammenhalten!, wollte er sagen.

Aber er traute sich nicht, denn er fürchtete, Lobkowitz würde ihn wegjagen wie in der Eulenschreinacht.

Der Mond, ganz rund und ganz gelb, hing grinsend am Himmel. Zwei Wolken schoben sich vor sein Gesicht, und dann sah es aus, als trüge der Mond eine schwarze Brille. Und wieder hatte Lobkowitz etwas gesehen, das nur er sehen konnte, und hatte müde gesagt:

»Ich hab es gewusst. Ich hab gewusst: Vor der Wahrheit schließt du die Augen!«

Die Käsemondnacht war die längste gewesen von allen Nächten mit Lobkowitz. Und die traurigste auch.

Warum wir?, denkt der Hund. Warum immer wir?

Warum werden überall auf dieser Welt die schwarzen Hunde vertrieben?

Die Ratten hätte G. Ott nicht erfinden dürfen, denkt der Hund.

Wenn er die Ratten nicht erfunden hätte, dann könnte ich für immer hier bleiben!

Der Sichelmond schwimmt schief im Fensterviereck, sieht aus wie ein Boot, das durch den Himmel segelt. Wie ein Boot, denkt der Hund, und dann macht er die Augen zu und schläft ein …

Aber auch in dieser Nacht fällt schließlich der Mond ins Meer.

Im Osten geht rot und glühend die Sonne auf, und früher Nebel liegt über der Kastanienallee.

Eine Wildente ruft laut: BrakBrak.

Da wird der Hund wach. Reckt sich und streckt sich und leckt sich den Schlaf aus dem Fell. Noch einmal schütteln, und die Angst und das Zittern und das Kranksein sind weg. Noch einmal schütteln, und alle Nachtgespenster sind verschwunden.

Da hört der Hund plötzlich ein Schleichen auf dem Dach. Ein Schleichen wie auf Samtpfoten. Kein Rattengetrippel. Ein Schleichen, so sanft, dass die Teerpappe nur knistert. Er schaut nach oben und entdeckt einen Spalt zwischen Decke und Dach.

Der Rattenweg, denkt der Hund. Das also ist der Rattenweg!

Durch den Spalt schiebt sich jetzt vorsichtig ein Katzenkopf.

Ein ziemlich kleiner Katzenkopf mit lustigen grünen Augen und einem weißen Fleck auf der Nase.

Oh, denkt der Hund. Wie gut, dass ich Kätzisch kann!

Die Katze sitzt oben auf dem Balken, genau über dem Zwiebelzopf. Sie beäugt den Hund, schiebt nachdenklich die Zunge vor und sieht deshalb ein bisschen blöde aus.

Keine fette Nachtkatze, eher eine junge dumme, denkt der Hund.

Er macht einen Buckel und sagt dann auf Kätzisch: »Guten Morgen!«

»Guten Morgen«, antwortet die Katze. »Man hört, du bist neu hier?«

»Ja«, nickt der Hund. »Das Lottamädchen hat mich hergebracht!«

»Dein Kätzisch ist gut«, sagt die Katze. »Man hört, du sprichst mehrere Sprachen?«

»Wer hat das erzählt?«, fragt der Hund.

»Ach, was man so hört«, sagt die Katze. »Mal hier und mal dort. Mal die und mal der. Alles redet und wispert und flüstert. Auch die Wände. Besonders die Wände.«

Der Hund ist verwirrt.

So reden sie immer, die Katzen: in Rätseln! Sie reden andauernd in Rätseln. Da soll einer wissen, was gemeint ist!

»Man hört«, sagt die Katze, »man hört, du bist in Schwierigkeiten?«

»Tagsüber nicht!«, antwortet der Hund.

»Aber bei Nacht«, sagt die Katze. »Man hört, du bekämst im Dunkeln Besuch?«

»Warum willst du das wissen?«, fragt der Hund.

»Man hört, dass du Hilfe brauchst!«

Und ob ich Hilfe brauche, denkt der Hund, aber wieso will mir eine Katze helfen? Das ist ihm noch nie passiert, dass eine Katze ihm helfen will.

Im Gegenteil! Katzen und blutige Nasen gehörten bis heute zusammen. Katzen mit Krallen, scharf wie Messer, die hat er gekannt. Gerissene Nachtkatzen mit glühenden Augen, die fauchend das Fell sträubten und dabei groß wurden wie Tiger! Da muss doch ein Haken sein, denkt der Hund. Eine Katze will mir doch nicht helfen!

Die Katze balanciert auf dem Balken und springt auf den Tisch. Dort setzt sie sich wieder hin, legt ihren Schwanz elegant um die Tatzen und schaut dann den Hund fragend an.

»Nun?«

Der Hund überlegt.

»Ja«, sagt er dann. »Du hast richtig gehört! Ich bin in der Klemme!«

»Man hört«, schnurrt die Katze, »du würdest nicht schlecht bezahlen!« Sie leckt sich die Lippen.

Daher weht also der Wind, denkt der Hund.

»Man hört, deine Hähnchenhaut wäre knusprig und braun! Eine Delikatesse! Und du hättest reichlich davon!«

»Du möchtest die Hähnchenhaut für dich, stimmt's?«, fragt der Hund. »Anstelle der Ratten soll ich jetzt dich bezahlen!«

Die Katze kuckt beleidigt aus dem Fenster und leckt sich die Pfote.

»Ihr Hunde seid wirklich ein ungehobeltes Volk«, sagt sie dann. »Ihr kennt keine Höflichkeit. Ihr seid einfach nur dumm und grob und gierig. Man sollte sich nicht mit euch abgeben! Man hat mich ja immer gewarnt!«

»Wenn du die Hähnchenhaut nicht willst, was willst du dann?«, fragt der Hund.

»Wir Katzen sind keine Fresser«, sagt die Katze. »Ein wenig Hähnchenhaut würde genügen. Ein wenig Hähnchenhaut ... ein guter Rattenkampf ... dir ist geholfen ... und mir ist geholfen!«

»Ein Kampf?«, fragt der Hund.

»Natürlich ein Kampf!«, sagt die Katze. »Man muss sie in ihre Schranken weisen! Sonst werden sie frech und übermütig! Heute eine, morgen fünf und übermorgen zehn. Ratten sind unersättlich, aber das weißt du ja!«

Der Hund schaut die Katze prüfend und misstrauisch an.

»Findest du nicht, dass du ein bisschen zu jung bist für einen Rattenkampf? Ein bisschen zu jung und ein bisschen zu mager?«, fragt er.

Die Katze faucht einen Katzenfluch, den der Hund nicht versteht.

»Man hört, du bist feige!«, sagt sie dann. »Man hört, du kämpfst nur in Träumen! Man hört auch, du würdest dich krank lügen, wenn's schwierig wird!«

»Ich kenn meine Kraft«, knurrt der Hund. »Ich weiß, was ich kann und was nicht! Und mit fünf Ratten kämpfen, das kann ich nicht!«

»Wir wären zu zweit«, sagt die Katze und fährt einmal kurz ihre Krallen aus. »Du machst die Bodenarbeit.

Ich käme von oben. Damit rechnen sie nicht. Das ist unser Vorteil. Sie werden sich auf dich stürzen und haben mich im Genick! Das wird sie verwirren. Drei werden fliehen, und zwei gegen zwei ist ein Kinderspiel!«

»Und wie viel Hähnchenhaut willst du dafür?«, fragt zögernd der Hund.

»Wir könnten teilen«, sagt die Katze. »Die Hälfte für dich und die Hälfte für mich. Am wichtigsten ist mir der Kampf!«

Der Hund überlegt, doch eigentlich gibt es da nichts zu überlegen.

Die Morgensonne fällt schräg durchs Schuppenfenster, und bei Licht betrachtet ist der Kampf die einzige Chance, die er hat.

Wenn man die Ratten besiegt, denkt der Hund, wenn man die Ratten besiegt, wird man auch nicht mehr vertrieben! Und besser eine magere Katze zur Seite als mutterseelenallein.

»Na gut«, sagt der Hund. »Wir werden kämpfen. Heute Nacht wird sich alles entscheiden!«

Die Katze springt auf. »Ich wusste, du würdest Ja sagen!« Ihre Augen funkeln vor Freude, und sie wetzt ihre Krallen auf der Tischplatte. »Das wird ein fabelhafter Rattenkampf! Da wird diese Bande noch lange dran denken! Und wir auch, denn wir werden gewinnen! Also, bis heute Abend!«

Und sie springt auf den Balken und schlüpft durch den Spalt zwischen Decke und Dach, und der Hund ist wieder allein.

Doch nicht lange, denn schon hört er die Stimmen vom Prinzenjungen und dem Lottamädchen. Und die Tür wird geöffnet, und dann jubelt Prinz Neumann, denn der Hund ist ja wieder gesund!

»Und er hat sogar die Hähnchenhaut aufgefressen! Lotta, kuck doch! Der Napf ist leer, blitzblank und leer!«

»Kamillentee und Zwieback! Das einzige Wundermittel der Welt! Hilft garantiert!«, sagt Lotta und grinst.

»Tja, wenn er wieder gesund ist, dann muss er weitererzählen!«

»Und mein Frühstück?«, fragt der Hund. »Mit leerem Bauch erzählt sich nichts!«

Er schnuppert an Lottas rotem Stoffbeutel. Riecht kein bisschen nach Leberwurstbrot, eher nach Mandeln und Milch und Zucker.

Da holt Lotta ein Paket aus dem roten Stoffbeutel. Es ist in braunes Papier eingewickelt.

»Mandelkuchen für den Hund. Heute mal wieder Mandelkuchen. Den magst du doch so gern, nicht?«

Der Hund nickt und schluckt, und Prinz Neumann ruft: »Halt! Diesmal will ich es ihm geben!«

Er wickelt den Kuchen aus dem Papier und bricht dem Hund kleine Brocken ab, denn die schlucken sich leichter. Und während er den Hund füttert, flüstert Prinz Neumann ihm etwas ins Ohr:

»Hähnchenhaut«, flüstert er. »Heute Abend bekommst du wieder Hähnchenhaut. Ich habe mit Hotta von der Hähnchengrillbude verhandelt, und der hat gesagt, ich kann so viel Hähnchenhaut haben, wie ich will. Ich muss nur sein Fahrrad putzen dafür und am Samstag die Straße fegen, aber das tu ich gern!«

Dem Hund wird ganz schluckerig, als er das hört, denn einen besseren Freund kann's ja nicht geben. Wer dem etwas tut, der kriegt Ärger mit mir, denkt der Hund, und er denkt an die Ratten und weiß jetzt genau: Er wird kämpfen um dieses Zuhause.

»Also«, sagt Lotta und setzt sich schon mal hin. »Also, wie geht deine Geschichte weiter? Was war denn nun mit Lobkowitz? Warum hat G. Ott geweint? Und was ist noch alles passiert?«

»Na gut«, sagt der Hund. »Sitzt ihr bequem?« Dann räuspert er sich und denkt an Lobkowitz und erzählt:

DIE WOCHEN VERGINGEN IM GARTEN VON G. OTT. Ein Tag schöner als der andere. Himmel: blau. Sonne: warm. Regen: nachts. Ein Blühen, Wachsen und Reifen.

G. Ott war noch schweigsamer geworden seit jenem Abend. Er schwieg und schien immerfort nachzudenken.

Nächtelang saß er über sein Buch gebeugt und zeichnete. Wenn ich ihn ansprach, schien er aus weiter Ferne zurückzukommen. Schaute mich an und sah mich gar nicht.

Die weiße Katze lag fast immer auf dem Fensterbrett und schlief und schien ebenfalls nicht sehr gesprächig zu sein. Kam ich in ihre Nähe, blinzelte sie misstrauisch, sagte jedoch nichts. Sie schien sehr alt zu sein und musste seit Ewigkeiten dort im Garten wohnen. Ich machte mir große Sorgen um G. Ott, deshalb fasste ich mir eines Nachmittags ein Herz und fragte die Katze.

»Was hat er denn?«, hab ich gefragt. »Was ist denn los mit ihm?«

Sie setzte sich auf und antwortete in einer mir unbekannten Sprache. Das war Kätzisch. Als sie merkte, dass ich sie nicht verstand, versuchte sie, etwas auf Hündisch zu sagen:

»Trraurrig«, sagte sie. »Errfinderr trraurrig!«

Es war zunächst schwierig, sich mit ihr zu unterhalten, denn sie konnte nur wenige Worte Hündisch. Aber nach einiger Zeit verstand ich die Wörter immer besser und fing sogar an, selbst Kätzisch zu sprechen. Denn sie war klug und erfahren und eine sehr gute Lehrerin.

G. Ott schwieg sich aus. Und ich sprach mit der Katze. Selbstverständlich hatte sie Lobkowitz gekannt, und sie erzählte, was damals geschehen war.

»Du musst wissen, mein Junge, die Katzen sind glückliche Tiere. Wir haben neun Leben. So können wir Ewigkeiten überstehen und Dinge erfahren, die niemand erfährt.«

Ihre Worte waren wirklich sehr fremd für meine Hundeohren. Sie sprach oft in Rätseln, aber ich lernte, sie zu verstehen.

»Wir liegen gern da, wo es warm ist«, sagte die Katze. »In der Nähe der Öfen, auf Stühlen und Kissen und Fensterbänken, dort eben, wo alles geschieht. Und unsere Ohren können das Gras wachsen hören, und unsere Augen sehen sogar bei Nacht. Das ist ein Vorteil, mein Junge«, sagte die Katze. »Ich höre alles und sehe alles und kenne alle Geschichten. Es war kein besonderer Abend, an dem es geschah«, sagte die Katze. »Freund Lobkowitz hatte gerade die erste Flasche Barolo geöffnet und füllte die Gläser wie immer. Und wie immer saß der große Erfinder grübelnd vor seinem Buch. Zeichnete ein paar Striche, radierte sie aus und dachte und dachte ...

Lobkowitz gähnte und langweilte sich. Er trank seinen Wein und murmelte leise vor sich hin, was für ein elendes Leben das sei, keine Gespräche, kein Fortschritt, nur das Ticken der Ewigkeit, eintönig und öde. ›Aber so sind sie nun mal, die Herren Erfinder, nicht hören, nicht sehen, nicht sprechen, nur immer erfinden, still vor sich hin. Prost, Lobkowitz‹, murmelte Lobkowitz und trank seinen Wein.

Da hatte der große Erfinder plötzlich aufgesehen von seinem Buch, auf die Flasche gestarrt, mit einem gierigen Zug das Glas geleert und gleich wieder nachgegossen. Und Lobkowitz hatte gesagt:

›Sieh an, unser Erfinder wacht auf! Guten Morgen

und willkommen bei Tisch! Lasst es euch schmecken! Vielleicht wird's doch noch ein lustiger Abend!‹

Da seufzte der große Erfinder und leerte sein Glas zum zweiten Mal und sagte dann:

›Ach, Lobkowitz, es klappt nicht. Ich kann keine Abbilder zeichnen.

Das Äußere ist ja nicht schwierig: Kopf, Hals, Arme, Rumpf und Beine, Hände und Füße und Ohren und Augen und Mund und Nase. Kein Problem, Lobkowitz! Aber das Innere: Lachen und Freude und Liebe und Geduld. Geb ich nur das, dann sind sie doch dümmer als Schafe. Dann können sie nichts aus sich selbst. Dann sind sie so hilflos und wehrlos und schwach. Tu ich jedoch das andere hinzu: Weinen und Trauer und Hass und Ungeduld, dann sind sie gefährlich, dann müssten wir stets auf sie achten, sie lenken und lehren. Und sie begleiten auf all ihren Wegen. Und das wird nicht möglich sein. Denn wir hätten niemals mehr Ruhe, wir würden sehr müde nach einiger Zeit. Und uns nichts sehnlicher wünschen als ewigen Schlaf. Nein, Lobkowitz, ich kann keine Abbilder zeichnen! Ich gebe auf!‹

So sprach der große Erfinder«, erzählte die Katze, »und er trank ein drittes Glas Wein und war müde und bitter enttäuscht. Und in Lobkowitz' Augen glitzerte es: ein gefährliches Glitzern, wie das Aufflackern eines Gedankens, einer schnellen Idee.

›Komm, Ötte‹, sagte er dann. ›Lass den Kopf nicht so hängen! Hier! Trink, damit du auf andere Gedanken kommst! Ich habe ja immer gesagt, was brauchen wir Freunde? Wir haben doch uns!‹

Doch da war etwas Falsches in Lobkowitz’ Stimme«, sagte die Katze, »da war ein Ton, den ich nie zuvor gehört hatte. Da stimmte was nicht, und der große Erfinder hätte das merken müssen, aber der Wein machte ihn ungenau und milde und trübte sein Ohr und seinen Blick.

Nach dem fünften Glas Wein wurde der große Erfinder fröhlich, und er fing an zu singen. Es waren die alten Lieder, die er früher mit Lobkowitz gesungen hatte. Aber auch da war etwas anders: Denn diesmal sang Lobkowitz falsch. Etwas Hartes lag in seiner Stimme. Ein Krächzen, wie das der balzenden Hähne. Ich ahnte ein Unglück! Und nach dem siebten Glas Wein wurde die Ahnung Gewissheit.

›Ötte, komm her‹, sagte Lobkowitz und griff nach dem Zeichenstift. ›Ötte, wir waren doch immer ein gutes Gespann, und ich zeige dir jetzt, was ich kann! Denn ich habe dir lange genug über die Schulter geschaut! Du wolltest Freunde erfinden, und es klappt nicht. Nach all den Jahrtausenden gibst du jetzt auf? Dann wäre ja alles umsonst gewesen. Keine Gespräche, kein Fortschritt, nur das Ticken der Ewigkeit, jahrtausendelang das Ticken der Ewigkeit – und alles umsonst! Nein, Ötte, jetzt zeig ich dir mal, was ich kann! Nur noch dieser eine, der letzte Versuch, und du wirst sehen: Freunde erfinden – Lobkowitz kann’s!‹

Der große Erfinder war ziemlich betrunken, sonst hätte er sich sicher gewehrt«, sagte die Katze, »so aber brummte er nur vor sich hin und ließ es willenlos zu, dass Lobkowitz ihm die Hand führte beim Zeichnen … hier noch ein Strich und dort noch ein Strich, und Lobkowitz' Augen funkelten vor Eifer und er hatte die Zunge vorgeschoben und sah aus wie ein dummer schwarzer Kater!

Lobkowitz malte den letzten Strich.

Dann war es geschehen!

Da saßen sie nun, die Abbilder – in des Erfinders Küche, um des Erfinders Tisch –, und sie schrien nach Wein und tranken und wollten noch mehr, denn sie schienen sehr durstig zu sein.

Es waren drei! Zwei sahen sehr grob und sehr kräftig aus und trugen Bärte am Kinn, sie glichen den kantigen Katern und den gehörnten Bullen. Das dritte schien von anderer Art zu sein: Es war zarter und weicher und rund, und die Stimme war höher und leiser und wohltönend auch.

›So, Ötte!‹ Lobkowitz strahlte. ›Jetzt haben wir Freunde fürs Leben! Wie findest du sie? Sind sie nicht besser gelungen als alles? Nun sag doch was, Ötte!‹

Der große Erfinder schien sprachlos zu sein. Er schlug sich die Hand vor den Mund und starrte die Abbilder fassungslos an.

Die jedoch lachten jetzt laut und sagten zu Lobkowitz:

›Was will dieser Alte von uns? Warum starrt er uns

an wie die Mondkälber? Sag ihm, er soll uns begrüßen! Oder besser noch, schick ihn zu Bett!‹

Dazu lachten sie laut, als wäre ihnen ein besonderer Spaß gelungen. Und Lobkowitz, stolz wie ein Pfau, lachte mit. Er schlug dem großen Erfinder die Hand auf die Schulter und sagte:

›Komm, Ötte, wir singen mit ihnen. Unsere Lieder, Ötte, unsere alten Lieder! Wir lehren sie jetzt, wie man singt!‹

Und Lobkowitz fing an zu singen«, sagte die Katze, »und er sang viel zu laut, und sie sangen mit, obwohl sie die Töne nicht kannten. Ein grässliches Grölen, kaum auszuhalten, so falsch!

Der große Erfinder blieb jedoch stumm.

Und da zerrten sie ihn vom Stuhl und schubsten ihn in der Küche herum, und er taumelte tapsig, so wie ein Tanzbär, und sie klatschten in die Hände und lachten ihn aus.

Da weinte der große Erfinder, ein stummes Schluchzen durchfuhr seinen Körper, und lautlos liefen ihm Tränen übers Gesicht.

Und die Abbilder kreischten jetzt vor Vergnügen und schlugen sich lachend auf ihre Schenkel und riefen:

›He, Lobkowitz, gib ihm zu trinken, dem trübsinnigen Trauerkloß! Auf dass er ein Tänzchen uns tanzt!‹

Und sie packten den großen Erfinder und hielten ihn fest. Und der Größte und Gröbste klemmte den Kopf des großen Erfinders unter den Arm, zog ihm das Kinn nach unten, sodass er den Mund nicht mehr schließen konnte, und dann gossen sie Rotwein in ihn wie in ein Fass.

›Da, Alter, trink! Das macht froh, und danach kannst du tanzen!‹

Da merkte auch Lobkowitz: Das ging zu weit!

Und sein Lachen zerbrach, und sein eitler Stolz wurde Angst.

›Haltet ein!‹, rief er laut. ›Das ist falsch, was ihr tut! Ihr dürft ihn nicht quälen! Er ist doch der große Erfinder!‹

Und er stürzte sich auf sie, um den Freund zu befreien.

Da ballten sie ihre Fäuste und schlugen auf Lobkowitz ein. Und die Zarte und Weiche und Runde stand dabei und feuerte sie mit gellenden spitzen Schreien an.

Der große Erfinder jedoch hatte sich aufgerappelt. Seine Tränen waren versiegt. Alles Weiche und Schwache fiel jetzt von ihm ab. Er presste die Lippen zusammen. Seine Augen wurden zu zornigen Blitzen. Er richtete sich auf, wuchs und wurde streng und mächtig und gerecht.

Und mit donnernder Stimme befahl er:

›Das reicht! Verlasst auf der Stelle mein Haus! Dort ist die Tür! Und wehe euch, wehe, wenn ihr es wagt, mir je wieder unter die Augen zu treten!‹

So sprach der große Erfinder mit donnernder Stimme und schaute danach mit zornigem Blick auf Lobkowitz und befahl:

›Du, Lobkowitz, wirst sie begleiten! Auf all ihren Wegen! Du wirst auf sie achten, sie lenken und leiten und lehren! Du wirst nicht eher ruhen, bis sie wissen, was Recht und was Unrecht ist! Du wirst nicht eher ruhen, bis du sie wirklich zum Abbild gemacht hast!‹

So ist es gewesen, mein Junge«, sagte die alte weise weiße Katze und seufzte. »So musste Lobkowitz den großen Erfinder, das Haus und den Garten verlassen und mit ihm die Abbilder.

Und als sie den Sandweg erreicht hatten, schloss der große Erfinder das Tor hinter ihnen. Für immer und ewig.«

»So«, sagt der Hund. »Jetzt wisst ihr, was los war mit Lobkowitz und G. Ott. Jetzt kennt ihr die ganze Geschichte. Mehr kann ich euch nicht erzählen!«

Er schaut auf und sieht, wie Prinz Neumann sich mit der Hand über die Augen wischt. Auch Lotta sieht plötzlich ganz traurig aus.

Der Hund stupst Prinz Neumann mit der Schnauze an.

»Nicht weinen«, flüstert er leise. »Nicht weinen!«

Da heult der Prinzenjunge plötzlich laut los und schluchzt, und der Hund weiß gar nicht, was er machen kann. Er leckt ihm die Hand, aber das hilft nicht. Prinz Neumann weint einfach weiter.

»So eine blöde Geschichte«, sagt Lotta. »Warum mussten die Abbilder auch so gemein sein. So fies und gemein sind wir doch auch nicht! Ich würde doch nie jemanden quälen und auslachen, wenn er weint! Das würde ich wirklich nicht machen! Und außerdem ist das immer noch nicht die ganze Geschichte! Das kann doch nicht alles gewesen sein. Du hast uns den Schluss nicht erzählt! Wie bist du denn in den Wald gekommen? Wie bist du dahin gekommen, wo ich dich gefunden habe?«

Der Hund überlegt.

Da zieht Prinz Neumann die Nase hoch und schluchzt:

»Und warum bist *du* überhaupt weggegangen von G. Ott? Du und die Katze, ihr wart doch die einzigen Freunde, die ihm geblieben waren. Und du hast es doch gut gehabt bei ihm. Da geht man doch nicht einfach weg!«

»Es war ja auch nicht einfach«, sagt der Hund. »Im Gegenteil, es war verdammt schwer wegzugehen, aber es musste sein, denn so konnte es mit ihm doch nicht weitergehen. Immer nur grübeln und traurig sein und schweigen, das war doch kein Leben. Und dass er Lobkowitz längst verziehen hatte, das wussten sogar die Schnecken. Lobkowitz fehlte ihm. G. Ott und Lobkowitz, das war ein Paar wie Blitz und Donner gewesen. Die gehörten zusammen. Und nur zusammen konnten die beiden was schaffen, das war doch klar!

Nachdem die Katze mir alles erzählt hatte, fasste ich einen Entschluss: Ich wollte Lobkowitz suchen und finden und ihn zurückschicken zu G. Ott! Und außerdem war ich schon viel zu lange in G. Otts Garten gewesen, und es wurde höchste Zeit, etwas Neues zu sehn. Man wird ja nur faul und träge, wenn immer die Sonne scheint. Und wenn der Himmel immer nur blau ist, bekommt man doch Heimweh nach Wolken und Wind.

Hund, mach dir nichts vor, sagte ich zu mir selbst. Du hast Heimweh nach Wolken und Wind. Du musst zurück auf den Sandweg, und du hast einen Auftrag.

Man weiß ja nie, was noch kommt.

Es kann einem unterwegs doch so viel begegnen. Und wenn man nicht losgeht, dann lernt man auch nichts.

Ich musste plötzlich an Hähnchenhaut denken, ich hatte schon fast vergessen, wie lecker sie schmeckt.

Hinter jeder Biegung des Sandwegs konnte doch Hähnchenhaut sein.

Hähnchenhaut finden, dachte ich, und Lobkowitz finden, und dafür sorgen, dass G. Ott wieder lachen und singen kann. Dafür lohnt es sich, den Garten zu verlassen. Er sehnte sich doch nach seinem besten Freund. Wenn das nicht so wäre, wäre die Gartenpforte doch immer noch fest verschlossen gewesen, als ich kam. Einer, der allein sein will, verschließt seine Tür.

Aber G. Ott hatte die Pforte nur angelehnt. Ein sicheres Zeichen dafür, dass er auf jemanden wartete. Und bestimmt nicht auf mich.

Dass ich das Tor gefunden hatte, war doch reiner Zufall gewesen …

Ich beschloss, am nächsten Morgen aufzubrechen.

Denn irgendwo da draußen musste Lobkowitz sein. Hinter der nächsten Biegung des Sandwegs konnte er sitzen und warten – auf ein Zeichen, eine Nachricht von G. Ott!

Ich erzählte der alten weißen Katze von meinem Plan.

Sie war zwar traurig, ihren besten Schüler zu verlieren, aber dennoch versprach sie zu schweigen, falls G. Ott nach mir fragen sollte.

So nahm ich denn heimlich Abschied. Nahm Abschied von der Küche und dem Tisch mit den Stühlen, nahm Abschied von all den Gerüchen, die mir inzwischen so vertraut waren. Es tat weh, heimlich Abschied nehmen zu müssen. Am meisten schmerzte es jedoch, heimlich Abschied zu nehmen von G. Ott.

Den ganzen Abend lag ich auf seinen Füßen und wärmte sie, während er zeichnete. Es war ganz still in der Küche, nur das Kratzen der Feder und das Prasseln des Herdfeuers waren zu hören.

Plötzlich beugte sich G. Ott zu mir hinab, sah mir in die Augen, sagte: ›Hund‹ und streichelte mich und schwieg.

Da bat ich ihn, mir im *Meine Welt*-Buch noch einmal die Seite mit meinem Namen zu zeigen. Und er blätterte und zeigte sie mir wortlos, dabei sah er mich an, als kenne er meinen Plan, und es war mir, als schüttelte er den Kopf. Als das Herdfeuer heruntergebrannt war, ging er zu Bett.

Und ich stand vor dem Küchenschrank, um ein letztes Mal das Bild mit der blauen Kugel zu betrachten. Denn ich wusste: Dieses Bild wollte ich niemals vergessen!

Als ich am nächsten Morgen hinaus in den Garten ging, war alles wie immer: Die Bienen summten, die Schafe blökten, die Bäume blühten und trugen gleichzeitig Früchte, und wie immer war der Himmel blau und wolkenlos. In den Spinnennetzen glitzerten Tautropfen. Ich war schon ein gutes Stück gelaufen, als ich plötzlich das leise Klingeln der Windharfe hörte.

Ich drehte mich um.

Da stand er doch wirklich in der Tür und schaute mir nach.

G. Ott, mein Freund, der große Erfinder: der kleine, alte, dünne Mann mit seiner Schiebermütze und dem karierten Hemd und den bollerigen Cordhosen, und ich dachte noch einmal: Wie müde er aussieht!

Ach, es war wirklich nicht leicht, Abschied zu nehmen von diesen Seen und Teichen, von diesen Flüssen und Bächen, von diesen Wasserfällen, vom Obstgarten mit all den Apfel- und Birn- und Pfirsich- und Pflaumenbäumen, von diesen schönsten Wiesen der Welt, die so blumenbunt waren wie persische Teppiche.

Ich ging denselben Weg zurück, der mich damals zu G. Otts Gartenlaube geführt hatte. Und endlich war da die alte klapprige Gartenpforte, die einen Spaltbreit offen stand und auf Lobkowitz' Rückkehr zu warten schien.

Ich drehte mich noch einmal um, um einen allerletzten Blick auf den Garten zu werfen, und als ich unsicher wurde, sagte ich laut zu mir selbst:

›Hund, du hast Heimweh nach Wolken und Wind. Du hast einen Namen und einen Auftrag. Und wer weiß, was dir noch alles begegnen kann!‹

Mit diesen Worten verließ ich den Garten des großen Erfinders. Die Pforte quietschte, ich stand auf dem Sandweg, über mir waren die Wolken, und der Wind wehte von weit einen Pfauenschrei in meine Ohren.

Diesem Schrei ging ich nach, immer den Sandweg entlang.

Es hatte sich viel verändert in der Zeit, in der ich im Garten gelebt hatte.

Die Hecke war höher gewachsen, der Urwald nicht mehr so finster und dicht.

Auch schien die Gegend nicht so öde zu sein wie vorher, denn da waren Fußspuren im Sand.

Und ich konnte es plötzlich auch riechen: Da wartete irgendwo eine Überraschung auf mich!

Der Sandweg führte jetzt ein Stück bergauf, machte eine Biegung, und dann sah ich es: das Schloss.

Die Sonne spiegelte sich in den Fensterscheiben. Die Wetterfahnen auf den vier Ecktürmen glitzerten, und drum herum war ein Wassergraben, über den eine Brücke führte. Zwei steinerne Löwen bewachten den Eingang, die sahen so echt aus, als hätte G. Ott sie selber gezeichnet. Das kunstvoll geschmiedete Flügeltor, das in den Schlosspark führte, stand weit offen.

Ich ging weiter und kam an eine Wiese, in deren Mitte eine mächtige Rotbuche wuchs. Überhaupt standen überall Baumgruppen auf Hügeln und in Senken, als hätte ein Gärtner einen Plan gemacht und sich genau überlegt, wo welcher Baum am besten stünde. Es war seltsam: Vieles im Schlosspark erinnerte mich plötzlich an G. Otts Garten.

Wenn das das Werk der Abbilder ist, dachte ich, wenn sie das alles geschaffen haben, dann muss Lobkowitz ein guter Lehrer gewesen sein. Denn wer so etwas Schönes schaffen kann, der weiß auch, was richtig ist, der kann nicht böse sein, der kennt auch den Frieden.

Und ich dachte: Vielleicht wird doch alles gut!

Aus einem der Schornsteine quoll Rauch. Und ich wusste ja, wo Schornsteine rauchen, wohnen auch welche, und wo welche wohnen, gibt's eine Küche, und in Küchen, da werden Hähnchen gebraten. Vielleicht gibt's da Hähnchenhaut, dachte ich, ganz knusperbraune Hähnchenhaut! Vielleicht hab ich Glück!

Ich folgte dem Hauptweg, ging über die Brücke, vorbei an den steinernen Löwen und stand dann im Innenhof des Schlosses. Und noch während ich mich umsah, wurde zu ebener Erde ein Fenster geöffnet. Ich blickte in ein Gesicht, das war rund und freundlich und um die Augen herum lagen kleine lustige Fältchen.

›Was machst du denn hier?‹, fragte die Köchin. ›Komm doch mal her!‹

Sie streckte die Hand nach mir aus, und während ich zögernd näher ging, stieg mir ein warmer, weicher, wohlbekannter Geruch in die Nase …«

»Hähnchenhaut!«, sagt Prinz Neumann und lacht jetzt wieder.

»Na klar«, lacht der Hund. »Einwandfrei Hähnchenhaut!«

»Und? Hast du welche bekommen?«, fragt Lotta.

Der Hund nickt.

»Aber jetzt ist erst mal Schluss mit Erzählen«, sagt er dann. »Ich bin schon ganz heiser. Und hungrig sowieso! Und morgen ist auch noch ein Tag!«

Und er legt den Kopf auf die Pfote, macht sich ganz flach auf dem Kissen und wedelt mit dem Schwanz.

»So ist er nun mal«, sagt Lotta. »Glaub bloß nicht, ich wär blöd, Hund! Das ist doch ein Trick! Du hörst doch immer dann auf zu erzählen, wenn's spannend wird.«

»Das stimmt nicht!«, entgegnet Prinz Neumann.

»Er hört nur auf zu erzählen, wenn er Hunger hat! Wenn ich Hunger hab, kann ich auch nicht erzählen! Keiner kann das!«

Und er streichelt den Hund und zwinkert ihm zu, und das soll heißen: Ich hol dir jetzt deine Hähnchenhaut. Und der Hund zwinkert zurück und freut sich.

Dann kommt die Nacht.
Ganz leise kommt sie. Auf Katzenpfoten kommt sie.
Der weiße Nebel steigt aus den Wiesen, und alles wird ungenau.

Der Weg, der durch die Kastanienallee führt, verschwimmt, und die Dämmerung legt seltsame Schatten über die Bäume. Gespensterschatten. Riesenfinger.

Der Hund sitzt am Schuppenfeuer und fühlt, wie die Angst nach ihm greift.

Alles wird größer im Dunkeln: die Bäume, die Geräusche, das Alleinsein und auch die Angst.

Eine Eule gleitet am Fenster vorbei, eine Eule, groß wie ein Drachen.

Fünf Ratten, denkt der Hund. Fünf Riesenratten gegen mich und eine dumme, junge Katze. Und der Hund wünscht sich, eine Taube zu sein, dann säße er jetzt warm und sicher im Nest, den Kopf unter den Flügel gesteckt, auf der Blutbuche hoch oben über der Nacht. Oder ein Rabe, mit all den anderen Raben, eng zusammengerückt auf den Ästen des Schlafbaums.

Wo die Katze nur bleibt, denkt der Hund. Vielleicht kommt sie ja gar nicht. Vielleicht hat sie Angst, so wie ich, und hat längst ihre Milch getrunken, sitzt irgendwo warm hinterm Ofen und schnurrt, satt und zufrieden. Man kann ja nie wissen, denkt der Hund.

Und warum sollte die Katze mir eigentlich helfen? Ach, denkt der Hund, ich wünschte, die Nacht wär vorbei!

Und neben dem Kissen, unten auf dem Boden, steht immer noch unberührt der Napf mit der Hähnchenhaut.

Da!

Jetzt bewegt sich was auf dem Teerpappedach.

Mit Samtpfoten, leise wie die Nacht.

Der Hund schaut nach oben.

Da schiebt sie ihren Kopf durch den Spalt zwischen Decke und Dach, und ihre Augen glühen im Dunkeln wie Kohlen.

»Guten Abend, mein Freund«, sagt die Katze und balanciert auf dem Balken. »Man hört, hier findet heute Nacht der große Rattenkampf statt!«

»Du kommst spät!«, knurrt der Hund. »Wirklich sehr spät!«

»Besser spät als gar nicht«, antwortet die Katze ungerührt. »Ich wurde aufgehalten, das kann jedem passieren!«

»Nicht, wenn's ums Kämpfen geht!«, sagt der Hund. »Kämpfer müssen pünktlich sein!«

»Man hört, dich hätte der Mut schon verlassen?«, entgegnet die Katze. »Man hört, du säßest am Fenster und heultest den Mond an vor Angst?«

»Du machst mich jetzt wütend, Katze!«, sagt der Hund und knurrt leise.

»Das ist gut!«, sagt die Katze. »Wütende Kämpfer

sind bessere Kämpfer! Bewahr deine Wut! Du wirst sie noch brauchen! Sie ersetzt dir den Mut!«

Der Hund flucht leise und wird immer wütender. Er will gerade was sagen, da flüstert die Katze:

»Still jetzt! Sie kommen! Auf deinen Platz!«

Und der Hund springt vom Tisch auf den Boden und bleibt reglos stehen.

Die Ohren aufgestellt, mit zitternder Schnauze, jeden Muskel gespannt, horcht er in die Dunkelheit.

Da hört er das Trippeln auf dem Teerpappedach.

Da hört er das leise rättische Pfeifen.

Da hält er die Luft an und richtet den Blick auf den Spalt zwischen Decke und Dach. Und er sieht ihre Schatten hineinhuschen. Sie laufen die Wand herunter, ganz lautlos, fünf schwarze Schatten, und kreisen ihn ein.

Er kann sie nun riechen. Diesen fauligen Abwasserkanalgeruch: Moder und Aas.

Mit gierig glitzernden Augen mustern sie ihn, und dann tritt die größte Ratte einen Schritt vor und faucht:

»Wir hoffen für dich, dass du uns bezahlen kannst. Knusprig gebratene Hähnchenhaut. Für gestern und heute! Die doppelte Menge! Wir sind hungrig, du Hund! Wenn es nicht reicht, fressen wir dich!«

Der Hund blickt zum Balken und schweigt.

Und er spürt einen wölfischen Zorn in sich wachsen. Jetzt wird er kämpfen! Kein rättisches Wort wird er jemals mehr sprechen! Er wird diese Sprache für immer vergessen!

Die Ratten haben den Napf mit der Hähnchenhaut endlich entdeckt und stürzen sich gierig darauf. Sie fauchen und puffen und stoßen und schubsen und zerren und reißen die Haut in Stücke.

Und der Hund blickt zum Balken und fletscht nun die Zähne. Sein Nackenfell sträubt sich, und tief aus der Kehle kommt ein lautes, wölfisches Knurren.

Im selben Moment macht die Katze sich lang. Sie streckt sich zum Sprung. Ihre Glühaugen funkeln. Ihre Krallen blitzen wie Messer.

Und der Hund beißt zu. Er erwischt die größte Ratte am Bein und verbeißt sich fest in ihr Fell.

Die Ratte stößt einen gellenden Schrei aus, um die andern zu warnen, aber zu spät. Schon ist die Katze gesprungen und schlägt einer zweiten Ratte die scharfen Krallen ins Genick.

Die anderen Ratten pfeifen, versuchen zu fliehen, rennen in panischer Angst die Wände hinauf, können den Spalt nicht finden, fallen herunter und schreien und laufen immer im Kreis an den Wänden entlang.

Der Hund jedoch kämpft wie ein Wolf. Er lässt nicht los. Er spürt nicht mal die Rattenbisse. Er schüttelt die Ratte wie ein Kissen, und er hält fest.

Und die Katze zerkratzt der zweiten Ratte das Fell. Mit glühenden Augen und messerscharfen Krallen.

Und dann, als hätten der Hund und die Katze ein Zeichen vereinbart, lassen sie los.

»Genug!«, keucht die Katze. »Die kommen nicht wieder.«

Und die Ratten schleppen sich weg und verschwinden im Dunkeln. Der Spuk ist vorbei!

»Gut gekämpft!«, sagt der Hund und schnappt nach Luft. »Gut gekämpft für eine kleine magere Katze! Man wird von dir hören!«

»Gut gekämpft!«, keucht die Katze. »Gut gekämpft für einen Hund, der vor Angst den Mond anheult! Man wird von dir hören!«

Und dann ist es still im Schuppen, und die beiden lecken ihre Wunden. Lange Zeit.

Als die Sonne am nächsten Morgen die Nebelschleier zerreißt und im Spinnennetz die Tautropfen glitzern, als die Eule zum Schlafbaum fliegt und die Tauben erwachen, liegen der Hund und die Katze im Schuppen auf Lottas Kissen.

Sie liegen dort Rücken an Rücken, beide zusammengerollt, der Hund und die Katze, und träumen vom Rattenkampf.

Der Hund atmet schwer, ab und zu bellt er leise im Schlaf, und die Katze hechelt und maunzt.

Hinter den Gärten krähen die Hähne und wecken Prinz Neumann.

Er blinzelt und reckt sich und kriecht dann zu Lotta ins Bett. Die dreht sich schlaftrunken um und legt einen Arm um den Bruder.

»Du, Lotta«, flüstert Prinz Neumann. »Du, Lotta, bist du schon wach?«

»Schlaf weiter!«, brummt Lotta und kuschelt sich an.

»Du, Lotta!«, flüstert Prinz Neumann. »Ich kann nicht mehr schlafen. Ich möchte zu Hund!«

»Später!«, murmelt Lotta. »Ich träume noch!«

»Du, Lotta!« Prinz Neumann zieht an der Bettdecke. »Du, Lotta! Heute erzählt er den Schluss! Glaubst du, er hat den Lobkowitz gefunden? Glaubst du, er hat ihn zurückgeschickt zu G. Ott?«

»Verdammt!«, flucht Lotta und macht die Augen auf. »Jetzt ist mein Traum kaputt!«

»Ich möchte zu Hund!«, sagt Prinz Neumann. »Weil ich den Schluss der Geschichte hören will!«

»Der schläft noch!«, gähnt Lotta. »Und wenn der noch schläft, dann erzählt er dir nichts. Und außerdem: Was ist mit Frühstück?«

»Ich hab eine Idee!«, sagt Prinz Neumann. »Wir machen was ganz Tolles! Wir machen im Schuppen Picknick mit Hund! Das haben wir doch noch nie gemacht! Bitte, Lotta!«, sagt Prinz Neumann.

Da wundern sich aber die Raben. Da wundern sich aber die Tauben. Und auch die scheuen kleinen Kaninchen können es kaum glauben.

Da gehen das Lottamädchen und der Prinzenjunge Hand in Hand im ersten Morgenlicht die Kastanienallee hinunter und tragen einen ganz schweren Picknickkorb.

Zwei Rehe flüchten von der Wiese in den Wald. So früh geht keiner hier, nicht mal der Jäger. »Nichts ist mehr sicher«, schimpfen sie.

Der Eichelhäher ruft seinen Warnruf, und selbst der Specht unterbricht sein Klopfen und sieht den beiden nach.

»Sei leise«, flüstert Lotta, als sie an Opa Schultes Schuppen angekommen sind. »Wir müssen ihn sanft wecken, sonst wird er noch ösig, und dann ist Essig mit Erzählen!«

Leise, ganz leise drückt Lotta die Klinke runter.

Leise, ganz leise öffnen die beiden die Tür.

Und halten den Atem an, als sie den Hund und die Katze auf Lottas Lieblingskissen schlafen sehen. Rücken an Rücken, und beide zusammengerollt, den Kopf auf den Pfoten.

»Das glaub ich nicht!«, flüstert Lotta. »Das träume ich doch!«

Da blinzelt die Katze, und der Hund blinzelt auch, und dann strecken sie sich und reißen das Maul auf und gähnen.

»Wie kommt denn die Katze hier rein?«, fragt Lotta.

»Übers Dach«, sagt der Hund und blickt nach oben zum Spalt.

Prinz Neumann ist immer noch starr vor Staunen,

denn so was hat er noch nie gesehen: einen Hund und eine Katze, die sich vertragen, die sogar Rücken an Rücken schlafen. Doch jetzt kniet er sich hin, um seinem Hund Guten Morgen zu sagen. Und dabei entdeckt er die Wunde.

»Du hast ja geblutet«, ruft er erschrocken. »Lotta, kuck mal, er hat geblutet! Wie ist das denn passiert?«

»Ach, nicht der Rede wert«, sagt der Hund und lächelt stolz. »Ein kleiner Kampf heute Nacht! Da waren fünfzehn Ratten im Schuppen, oder vielleicht waren's auch zehn …«

»Nur fünf«, sagt die Katze auf Kätzisch und leckt ihre Tatze. »Aber man hört ja, du übertreibst gern, mein Freund!«

»Und ihr zwei habt wirklich fünfzehn Ratten …« Lotta verschlägt es die Sprache.

»Nur fünf«, sagt die Katze.

»Nur ein bisschen aufgemischt!«, sagt der Hund. »Nur ein bisschen verjagt! Die hätten ja sonst die ganzen Kartoffeln gefressen!«

Das Lottamädchen beugt sich hinunter zur Katze.

»Und du? Du bist ja auch verletzt, du Arme! Da müssen wir aber was tun! Ein bisschen Jod und einen Verband!«

Der Hund sieht, wie Lotta wieder das Krankenschwestergesicht macht.

O nein, denkt er, nicht schon wieder, denkt er. Wer die Ratten besiegt hat, besiegt auch ein Krankenschwestergesicht.

Und er zeigt ein bisschen die Zähne.

»Wir Hunde und Katzen helfen uns selbst!«, knurrt er. »Mit Spucke, dreimal geleckt und geheilt!«

»Aber Hund, sei doch vernünftig«, bittet Prinz Neumann. »Ein Rattenbiss, der ist gefährlich. Die Lotta kennt sich da aus! Ich will doch nicht, dass du krank wirst!«

Aber der Hund bleibt hart und schüttelt den Kopf.

»Wenn sie irgendwas holt, erzähl ich heute nicht weiter. Dann könnt ihr euch selber den Schluss der Geschichte ausdenken«, sagt er. »Ich lass da nur Spucke dran, sonst gar nichts! Dreimal geleckt und geheilt! Schließlich bin ich ein Hund und kein Stoffbär!«

Da öffnet Lotta den Korb. Und während die Katze maunzend um ihre Beine streicht, wedelt der Hund mit dem Schwanz und leckt sich die Lippen und lacht.

Dann frühstücken sie, essen Leberwurstbrote und Kuchen und Milch und reden über den großen Rattenkampf.

Und als sie fertig sind, leckt sich die Katze die Milch aus dem Bart, springt auf den Balken und balanciert zum Spalt zwischen Decke und Dach.

Dort dreht sie sich um.

»Leb wohl, mein Freund«, maunzt sie. »Ich geh jetzt mausen. Hab Dank für den Kampf und die Nacht. Und wenn du mich brauchst, sag es den Wänden!«

Der Hund will sagen: Bleib doch, Katze!

Der Hund will sagen: Ich mag dich, Katze!

Der Hund will ganz viel sagen!

Aber ehe der Hund etwas sagen kann, ist die Katze ins Freie geschlüpft.

Nun wird er wohl alles den Wänden erzählen müssen, heute Nacht, und hoffen, dass es die Katze versteht.

»Schade, dass sie weg ist!«, sagt Lotta. »Sie war richtig niedlich!«

»Aber ich mag Hund lieber!«, sagt Prinz Neumann und streichelt den Hund. Ganz vorsichtig, um ihm nicht wehzutun.

»Erzählst du uns jetzt?«

»Na gut«, sagt der Hund. »Sitzt ihr bequem?« Dann räuspert er sich und denkt noch einmal an Lobkowitz und erzählt:

DAS SCHLOSS MIT DEN STEINERNEN LÖWEN, die den Eingang bewachten, hatte so viele Fenster, dass ich sie nicht zählen konnte.

Die Köchin wohnte im halben Keller des Schlosses. Dort war ihre Küche und ihre Stube. Ihre Fenster lagen zu ebener Erde. Die Köchin war rund und weich und freundlich, hatte ein Fenster geöffnet, als sie mich sah, mir einen Napf voll knuspriger Hähnchenhaut hingestellt und, weil sie mich mochte, gesagt:

»Hund, hüte dich vor dem Verwalter. Er ist der

Feind aller herrenlosen Hunde! Versteck dich, wenn du ihn witterst. Sonst wird er dich treten und wegjagen!«

»Aber warum?«, hatte ich gefragt. »Ich habe ihm doch nichts getan!«

»Warum weiß ich nicht«, hatte die Köchin geantwortet und mich gestreichelt. »Ich weiß nur, dass der Verwalter solche wie dich wegjagt.«

»Was ist ein Verwalter?«, hatte ich gefragt, denn so jemanden hatte ich noch nie getroffen.

»Der Verwalter verwaltet hier alles«, antwortete die Köchin. »Dem Grafen gehört alles, und der Verwalter muss für Ordnung sorgen.«

»Was ist das: für Ordnung sorgen?«, fragte ich.

Die Köchin überlegte.

»Wenn der Graf die Pfauen gekauft hat, die so grässlich schreien«, sagte sie dann, »muss der Verwalter sie schützen: vor den Hunden, vor den Katzen und vor den Dorfjungen, die ihnen Schwanzfedern ausreißen wollen. Das ist für Ordnung sorgen.«

»Aber ich will doch den Pfauen nichts tun«, sagte ich.

»Ich weiß«, antwortete die Köchin. »Aber du hast keinen Herrn, der dich an der Leine führt. Hunde müssen im Schlosspark an der Leine geführt werden! Das steht auf den Schildern. Das ist eben so!«

»Aber wer so etwas baut wie ein Schloss, der darf doch die Hunde nicht treten!«

»Es ist, wie es ist!«, erwiderte die Köchin. »Der Graf

macht hier die Gesetze. Ihm gehört alles: das Schloss und der Wald und die Pfauen. Der Verwalter verwaltet, die Köchin, die kocht, und der Diener, der dient. So war es schon immer. Und ein Hund, der nicht an der Leine geführt wird, den jagt der Verwalter weg!«, sagte die Köchin.

»Aber ich hab keinen Herrn und eine Leine sowieso nicht! Warum muss man einen Herrn haben?«

Die Köchin runzelte die Stirn.

»Du fragst und fragst«, sagte sie dann. »Jeder braucht einen Herrn. Ein Herr gibt dir Wohnung und Brot. Mein Herr ist der Graf. Ich koche für ihn.«

»Aber warum …«

»Jetzt hör doch endlich auf zu fragen«, unterbrach mich die Köchin. »Glaub mir: Wenn du keinen Herrn hast, kann dich der Verwalter sogar erschießen. Also sei vorsichtig, friss die Hähnchenhaut und such dir ein sicheres Lager für die Nacht!«

Ich erschrak.

Sie aber hatte das Fenster zugemacht und mich mit meinem Schrecken draußen stehen lassen. Dabei wollte ich noch so viel wissen! Von den Herren und den Dienern, vom Grafen und vor allem vom Verwalter, der mich sogar erschießen durfte. Das alles hatte es im Garten bei G. Ott nicht gegeben. Ich wusste doch nur, dass ich Hund hieß und dass ich Lobkowitz finden wollte.

Das Fenster jedoch wurde nicht mehr geöffnet. So blieb mir nichts anderes übrig, als zu fressen, dann vorsichtig durch den Schlosspark zu schleichen und mir ein sicheres Lager zu suchen.

Als ich endlich das Moosbett unter der Blutbuche gefunden hatte, lag das Schloss in der Abendsonne. Sie spiegelte sich in jedem der Fenster. Ein weinrotes Funkeln war das, so prächtig, dass mir ganz andächtig wurde vor Glück.

Einen Moment lang vergaß ich, was die Köchin mir erzählt hatte. Ich vergaß den Verwalter, ich vergaß meine Fragen, ich vergaß sogar meine Furcht.

Morgen!, dachte ich noch, morgen werde ich Lobkowitz suchen, und dann schlief ich ein.

Weich war das Moos, und warm war die Nacht. Da weckte mich etwas, das klang wie ein ferner Eulenschrei. Ich stellte die Ohren auf, um zu lauschen.

Und ich hörte eine Stimme.

»Entschuldigung«, sagte die Stimme. »Wie war Ihr Name, gnädige Frau?«

Und wieder rief die Eule, und die Stimme sagte:

»Angenehm! Gestatten, Lobkowitz!«

Da sprang ich auf und lief in die Richtung der Stimme.

Und der Nachtwind wehte die Wolken weg, und der Vollmond beleuchtete den Park. Und da stand er. Lobkowitz.

Mit dem grauen Schlapphut und der Rotweinflasche in der Manteltasche. Und er sah aus wie eine große schwarze Krähe. Er sah genauso aus, wie G. Ott ihn beschrieben hatte.

Die Eule schrie ihr lang gezogenes Huuhuu in die Nacht, und Lobkowitz schien ihre Sprache zu kennen, denn er antwortete:

»Eine Geschichte, gnädige Frau? Selbstverständlich kann ich Ihnen eine Geschichte erzählen. Wie hätten Sie's denn gern? Traurig? Lustig? Spannend? Von heute? Von gestern? Von morgen? Vom Welttheater oder von den Himmelsmächten? Die gleiche Geschichte wie vorgestern? Oder doch etwas anderes?«

»Lobkowitz!«, rief ich. »Mensch, Lobkowitz! Gut, dass ich dich endlich gefunden habe.«

Und Lobkowitz zuckte zusammen, drehte sich um, sah mich und sagte:

»Woher kennst du meinen Namen, du Höllenhund?«

Da tanzten die Wörter in meinem Kopf. Und ich konnte kaum sprechen, so aufgeregt war ich.

»Der Garten«, stammelte ich. »Der große Erfinder … dein Ötte … ich komme vom Garten … die Pforte ist offen … offen! … verstehst du … er wartet auf dich!«

Und Lobkowitz verstand.

Sein mondbleiches Gesicht wurde noch bleicher, er schwankte, als hätte ihn jemand gestoßen, und setzte sich schließlich ins Gras.

»Du Höllenhund, wehe dir«, flüsterte er. »Wehe dir, wenn du deinen Spaß mit mir treibst! So wie es hier alle getan haben. Ich ertrage die Späße nicht mehr! Das wäre zu viel.«

Da hab ich ihn angestupst und ganz leise »Lobkowitz« gesagt.

»Lobkowitz, G.Ott wartet auf dich. Er ist traurig und müde. Du fehlst ihm so sehr. Er kann ohne dich nichts erfinden. Er ist doch so furchtbar allein. Er hat mir alles erzählt, und er spricht nur das Beste von dir.«

Da nahm Lobkowitz einen tiefen Schluck aus der Flasche, holte Luft und fing an zu lachen.

Und dieses Lachen war wie ein Weinen. Es machte ihn weich, alles Dunkle und Schwarze fiel von ihm ab, und dann sprang er auf und tanzte über die Wiese!

»Du Höllenhund!«, rief er und tanzte. »Du Höllenhund, lass uns zum Garten gehen!«

Als wir den Sandweg erreichten, graute der Morgen.

Lobkowitz machte ganz lange Schritte. Ich konnte kaum folgen mit meinen kurzen Beinen. Jetzt kannte Lobkowitz den Weg. Das letzte Stück rannte er vor. Und es schien, als hätte er mich vergessen. Ich hechelte hinter ihm her. Ich japste und keuchte und hatte ihn immer noch nicht eingeholt, da drehte sich Lobkowitz um, und seine Augen funkelten zornig.

»Du Höllenhund!«, sagte er leise. »Du verfluchter Höllenhund, komm her zu mir!«

Ich war sicher, er musste jetzt genau vor der Gartenpforte stehen. Ich verstand nicht, warum er auf einmal so böse wurde. Warum öffnete er jetzt nicht das Tor? Warum ging er nicht einfach in den Garten hinein?

Endlich stand ich neben ihm.

»Nun geh doch, Lobkowitz!«, sagte ich. »Dein Ötte wartet doch auf dich!«

Lobkowitz streckte seinen Arm aus und zeigte wortlos in Richtung Hecke. Ich drehte mich um. Und dann traute ich meinen Augen nicht!

Da war keine Pforte. Der Eingang war verschwunden! Die Hecke war hoch und dicht und undurchdringlich. Ich schnüffelte. Ja, hier war die Pforte gewesen. Genau hier! Das konnte ich doch riechen. Ich starrte fassungslos auf die Hecke, dann starrte ich Lobkowitz an. Er sah nicht mehr zornig aus. Er war nur enttäuscht! Er fasste in die Manteltasche und holte mit zitternden Fingern die Flasche heraus. Mit den Zähnen zog er den Korken ab, spuckte ihn aus und trank.

»Lobkowitz«, stammelte ich. »Lobkowitz, ich weiß es genau, der Eingang zum Garten war hier! Was ist geschehen? Ich verstehe das nicht! Lobkowitz, sag doch was!«

Doch Lobkowitz schluckte und schluckte und setzte die Flasche erst ab, als sie leer war. Dann schaute er mich mit glasigem Blick an und sagte mit schwerer Zunge:

»Zum Teufel mit dir und deiner Geschichte von G. Ott! Für solche wie mich gibt's keine offenen Tore. Auf immer und ewig sind sie verschlossen! Das ist meine Strafe. Umherirren muss ich in dunklen Nächten. Den Eulen erzählen, den Fledermäusen predigen, und streunende Hunde und Katzen begleiten mich durch diese Welt. Es gibt kein Zurück in den Garten, solange der Plan nicht erfüllt, solange das Abbild nicht wirkliches Abbild ist. Ich muss sie lenken und leiten und lehren. Ich kenne ihn doch, deinen G. Ott. Sein Wollen ist Tun. Seine Träume sind Wirklichkeit. Was glaubst du, wie oft ich hier war, die Pforte zu suchen, doch niemals und nie habe ich sie gefunden!«

Ich verstand und verstand ihn auch nicht.

Ich fror neben ihm, denn jetzt war er unheimlich, so wie die Krähen im Winterfeld.

Ich fürchtete mich, weil ich doch wusste: Hier war der Eingang gewesen.

Ich wünschte die alte weiße Katze herbei, die hätte mir alles erklären können. Aber sie war nicht da.

»Verschwinde, du Höllenhund«, sagte Lobkowitz. »Hau ab und lass mich allein!«

»Aber, Lobkowitz«, stammelte ich. »Aber …«

»Kein aber!«, entgegnete Lobkowitz und legte sich unter der Hecke zum Schlaf.

Da war ich traurig. Ich sah, wie die Fledermäuse lautlos den Himmel durchschnitten. Ich wollte den Mond anheulen vor Kummer, aber das hätte ihn aufgeweckt, und so sagte ich mir: Hund, halt dein Heulen zurück!

Und ich leckte dem schlafenden Lobkowitz die Hand und sagte dann leise:

»Leb wohl, Lobkowitz! Pass auf dich auf! Und vergiss nicht: Er braucht dich, dein Ötte!«

Und ich drehte mich um und lief zurück.

Jetzt ist es ganz still im Schuppen. Der Hund hat den Kopf in Prinz Neumanns Schoß gelegt, und Lotta denkt nach.

»Jetzt bist du hier!«, sagt Prinz Neumann und seufzt.

»Jetzt bin ich hier!«, sagt der Hund.

»Vielleicht wart ihr, der Lobkowitz und du, nur viel zu aufgeregt und habt die Gartenpforte deshalb nicht gefunden. Ihr seid einfach dran vorbeigelaufen. Vielleicht zehn Schritte nur.«

Da setzt sich Lotta plötzlich ganz gerade hin und sagt:

»Ich hab's! Ich weiß jetzt, was wir tun!«

Und sie sagt:

»Hund, du kennst den Weg zum Garten. Du kannst den Eingang finden! Du führst uns hin! Ich bin ganz sicher, dass dort die Pforte ist. Wir reden dann mit G. Ott und sagen ihm, dass auch Lobkowitz ihn braucht! Das wollen wir doch mal sehen. Das muss der doch begreifen. Und geht nicht gibt's nicht! Das hat der Lobkowitz doch selber gesagt! Komm, lass uns gehen!«

»Still!«, sagt der Hund und lauscht. »Ich glaube, da kommt jemand!«

Draußen sind jetzt Schritte zu hören. Schwere Schritte. Langsame Schritte. Müde Schritte. Und die Schritte kommen wirklich auf den Schuppen zu.

Lotta springt auf.

»Das ist er!«, sagt sie. »Opa Schulte kommt!«

Jetzt kann sich der Hund nicht mal mehr verstecken.

Jetzt legt Prinz Neumann den Arm um ihn und hält ihn ganz fest.

Jetzt kann der Hund Prinz Neumanns Herz pochen hören und sein eigenes auch.

Und jetzt öffnet sich die Schuppentür.

Und ein kleiner, alter, dünner Mann kommt herein, der trägt eine Schiebermütze und ein kariertes Hemd und bollerige Cordhosen und eine Gartenschürze.

»Na, so was!«, sagt er. »Wer ist denn das?«

»Das ist ein Hund!«, sagen Lotta und Prinz Neumann.

»Das seh ich auch«, sagt Opa Schulte. »Und ihr wisst ganz genau, ich möchte keinen Hund. Wie kommt der Hund hierher?«

»Der war im Garten …«, sagt Prinz Neumann. »Bei G. Ott im Garten … und Lobkowitz, der sucht den Eingang …«

»Und wir, wir suchen den jetzt auch …«, sagt Lotta. »… weil da im Wald, da findet man auch Hunde, die haben Hunger, und die brauchen Hähnchenhaut, und wenn die kein Zuhause haben … und wenn es Winter wird …«

Prinz Neumann legt den Arm um seinen Hund, und Opa Schulte kuckt sehr streng und sagt:

»Moment mal, welcher Lobkowitz? Es ist mir ernst damit, ich will hier keinen Hund!«

»Der Lobkowitz! Der, der im Schlosspark wohnt«, sagt Prinz Neumann. »Der Lobkowitz, der mit der Eule redet und so traurig ist!«

»Ach, ihr meint Lobkowitz, den Spinner, den mit dem Mantel und der Flasche in der Tasche! Der ist doch immer nur betrunken und redet wirres Zeug«, sagt Opa Schulte. »Was hat denn dieser Hund mit Lobkowitz zu schaffen?«

»Der Lobkowitz will doch zurück zu G. Ott!«, versucht das Lottamädchen zu erklären. »Und nur der Hund weiß, wo die Gartenpforte ist! Da wollen wir ihm helfen!«

»Und dieser G. Ott?«, fragt Opa Schulte. »Wo hat der seinen Garten? Dann kann der Hund doch dahin gehen. Ich will hier nämlich wirklich keinen Hund! Wenn hier ein Hund ist, bleibt die Katze weg, das wisst ihr doch, und die Ratten werden die Kartoffeln fressen!«

»Das stimmt nicht«, sagt Prinz Neumann. »Der Hund ist gut! Der schläft doch sogar neben der Katze. Ganz bestimmt! Rücken an Rücken haben die geschlafen! Und fünfzehn Ratten haben die besiegt! Guck doch mal, Opa Schulte! Der Hund, der hat sogar geblutet!«

»Geblutet oder nicht geblutet! Ich will hier keinen Hund!«, sagt Opa Schulte.

Da denkt der Hund: Jetzt ist es Zeit zu reden.

»Nur zehn!«, sagt er bescheiden. »Wirklich, nur zehn Ratten!«

Da starrt ihn Opa Schulte an, holt Luft und sagt:

»Hast du gesprochen? Hat hier ein Hund gesprochen? Sag das noch mal! Ich bin jetzt dreiundsiebzig

Jahre alt. Ich bin noch bei Verstand! Ich weiß genau, dass Hunde bellen. Und Bellen kann ich nicht verstehen!«

»Fremdsprachen«, sagt der Hund bescheiden und wedelt höflich mit dem Schwanz. »Ein wenig Menschisch, Kätzisch, Täubisch. Das Rättische hab ich vergessen!«

»Das glaub ich nicht!«, sagt Opa Schulte und setzt sich auf den Stuhl. »Das kann ich gar nicht glauben! Du bist der Hund, der sprechen kann? Du bist der Hund, von dem der Spinner Lobkowitz erzählt? Der Hund, der Hund heißt, nicht Waldi und nicht Rex, nur Hund?!«

»Der bin ich«, sagt der Hund. »Ich heiße Hund!«

»Du kennst ihn?«, fragt das Lottamädchen. »Darf er dann bleiben?«

»Oh, bitte, Opa Schulte, sag doch Ja!«, bettelt Prinz Neumann.

»Ich hab von ihm gehört«, sagt Opa Schulte. »Doch ich hab nie geglaubt, dass es ihn wirklich gibt!«

»Jetzt weißt du, dass es ihn gibt! Er ist was ganz Besonderes! Und wir, wir müssen Lobkowitz helfen«, sagt Prinz Neumann.

»Und ohne Hund, da geht das nicht!«, fügt Lotta hinzu.

»Fremdsprachen«, murmelt Opa Schulte und schüttelt den Kopf. »Wo hat man so was schon gehört? Menschisch und Kätzisch!«

Da maunzt es plötzlich oben auf dem Balken. Die

kleine Katze springt herab, streicht Opa Schulte schnurrend um die Beine und streicht dann um den Hund.

»Man hört, er will dich nicht hier wohnen lassen?«, maunzt sie. »Man hört, du bist schon wieder in Gefahr.«

»Nicht sehr«, antwortet der Hund in bestem Kätzisch. »Doch dank ich dir, dass du im richtigen Moment gekommen bist, das könnte wirklich helfen!«

»Das könnte nicht nur helfen, lieber Freund, das hilft!«, maunzt die Katze und rückt noch näher an den Hund heran.

»Ich werd verrückt!«, sagt Opa Schulte. »Der Hund miaut! Das glaubt mir keiner, wenn ich das erzähle. Die werden sagen: Jetzt hat der alte Schulte den Verstand verloren! Jetzt redet er genau wie Lobkowitz!«

»Ach, Opa Schulte!«, sagt das Lottamädchen. »Du redest dummes Zeug! Der Hund hat diese Sprachen gelernt, so wie ich Englisch lerne und Französisch in der Schule! Was ist dabei? Und kuck mal, mit der Katze kommt er klar!«

»Ich wollte keinen Hund!«, sagt Opa Schulte leise zu sich selbst. »Ich wollte nie im Leben einen Hund.«

»Du musst dich nicht drum kümmern, Opa Schulte!«, sagt da der Prinzenjunge schnell. »Das mit dem Füttern und dem Bürsten, das mach ich! Ich hab ihm auch das gelbe Herz geschenkt! Und wenn du mal ein bisschen reden willst, und es ist niemand da, dann kannst du einfach in den Schuppen gehn zum Hund!«

Da lächelt Opa Schulte, beugt sich herab und krault dem Hund den Kopf.

»Und was war das mit G. Ott und dieser Gartenpforte?«, fragt er dann. »Erzählt das mal der Reihe nach, damit ich alter Mann das auch verstehe!«

Und dann erzählen sie, der Hund, der Prinzenjunge und das Lottamädchen, und die kleine Katze legt sich auf Opa Schultes Schoß und schnurrt. Und langsam wird es dunkel, und die Nacht bricht an, und sie erzählen und erzählen und erzählen.

»Ja, wenn das so ist«, sagt am Ende Opa Schulte. »Ja, wenn das so ist, müsst ihr wohl die Gartenpforte suchen.«

Da lacht der Hund und nickt und denkt: So soll es sein!

Und denkt an Wolken und an Wind.

Und denkt an Urwald, Sandweg, Hecke und einen Beutel voller Hähnchenhaut für unterwegs.

Und weiß, das große Abenteuer fängt von vorne an.

»Und morgen«, sagt Prinz Neumann, »morgen gehn wir los!«

Jutta Richter, geboren 1955, studierte katholische Theologie, Germanistik und Publizistik und veröffentlichte bereits als Schülerin ihr erstes Buch. Seit 1978 lebt sie als freie Autorin auf Schloss Westerwinkel im Münsterland. Für ihre Bücher erhielt sie zahlreiche Preise, darunter 2001 den Deutschen Jugendliteraturpreis für »Der Tag, als ich lernte, die Spinnen zu zähmen« (Hanser 2000) und 2005 den Katholischen Kinder- und Jugendbuchpreis für »Hechtsommer« (Hanser 2004). Ebenfalls bei Hanser erschienen u. a. »Hexenwald und Zaubersocken« (2010), das Weihnachtsbilderbuch »Als ich Maria war« (2010, mit Illustrationen von Jacky Gleich), »Ich bin hier bloß der Hund« (2011, mit Illustrationen von Hildegard Müller), der Kinderroman »Das Schiff im Baum« (2012) und zuletzt »Helden« (2013). »Der Hund mit dem gelben Herzen« ist das erste Buch von Jutta Richter im Hanser Verlag. Es erschien erstmals 1998.